W0287769

NERI POZZA
BLOOM

267

Dello stesso autore:
*Un uomo sottile*



ISBN 978-88-545-2842-0

www.neripozza.it

PIERPAOLO VETTORI

# L'IMPERATORE DELLE NUVOLE

NERI POZZA EDITORE

*A Philip K. Dick*

# 1.

Oggi non riesco a vivere. In alto, una nuvola di farina è bucata da una linea rosa. Alzo l'indice e le ordino di spostarsi. Piego il dito verso il basso ma non succede nulla. La linea rosa sbiadisce in un giallo tenue e viene inghiottita dal blu. Un tempo le nuvole mi obbedivano, seguivano i miei ordini muti come docili animaletti di cotone e Nina spalancava la bocca per la meraviglia. Qui al Muro le nuvole sono una rarità. Le ombre stanno già azzurrando le strade di Kadjouine ma il caldo è ancora insopportabile, si infila sotto i vestiti come un'amante non gradita. Ho la testa che mi scoppia.

Guardo una farfalla posarsi sul bordo del volante. È entrata dal finestrino del pick-up e, per qualche attimo, gira attorno alla mia tazza di caffè. Pare che viva solo un giorno e cosí immagino che, in quelle poche ore, debba fare qualcosa di importante, che giustifichi un'intera esistenza. Comincio a seguirla con lo sguardo pensando che è un animale stupendo (si fa sempre fatica a chiamarla "insetto", la bellezza confonde la mente). Cerco di afferrarla ma esce dall'auto e decido di vedere dove va. Non è difficile starle dietro, vola in piccoli cerchi isterici, ora in alto ora in basso. A volte indugia su un fiore senza nessuno scopo in particolare; non ha la frenesia delle api quando succhiano il polline. È tardo pomeriggio; tra poco si poserà a terra e fermerà le ali per sempre. La sua vita sta per finire e non fa niente di significativo. Mi stanco e decido di lasciarla andare. La vedo scomparire con una danza inutile nel folto di un cespuglio. Una creatura stupida e felice.

Non come me.

Prendo il cannocchiale e lo punto verso il deserto. Dopo un po', appoggio la testa sullo schienale del pick-up e mi assopisco. Quando riapro gli occhi è già buio. Non è piacevole fare il turno da soli ma Gaber è malato e non c'è personale a sufficienza. I cani diventano irrequieti, alzano piccoli sbuffi stanchi dal terreno polveroso. Inseguono una lucertola. Devo dire che ho sperato fino all'ultimo che mi assegnassero Penelope. Se c'è lei, si allenta il nodo allo stomaco che mi prende quando il sole comincia a tramontare. La notte qui al Muro non è mai nera; diventa tutto blu, sempre piú scuro e denso, fino a sembrare inchiostro solido. Le tenebre assolute non arrivano mai. Guardo la luna, che è già bassa nel cielo granuloso, e mi sembra debba scavare una fossa per passare attraverso quel mare fatto di gesso scuro. Nel palmo della mia mano danzano una mezza dozzina di pillole arancioni e dorate che brillano sotto i tenui fasci di luce colorata che arrivano da nord. Tra pochi giorni comincia il ramadan e se non mi faccio subito qualcosa mi viene voglia di picchiare la testa contro un sasso. Guardo l'orologio che lampeggia sul Muro e mi accorgo che posso rientrare: il turno è finito. Mancano ancora molte ore prima che la notte sia passata e tutta questa luce rischia di farmi impazzire. La colpa è del Muro, illuminato notte e giorno dalle pubblicità al neon.

ZONA DI CONFINE - VUOI SNELLIRE IL GIROVITA? - BEVI TUNIS COLA - VISITA LE ISOLE SHERATON - DIVIETO ASSOLUTO DI TRANSITO - UN GIOIELLO KOREX BLAU PER LA DONNA DI CLASSE.

Ieri sera, io e Gaber abbiamo arrestato quattro cretine che si facevano un selfie nel settore verde. Quella che abbiamo multato, una bionda con il viso talmente rifatto da sembrare di terracotta, aveva una collanina di conchiglie alla caviglia sinistra e nient'altro addosso: ubriaca senza speranza. Venivano dai resort di Djerba. Arriva sempre piú gente da lí, sfidano i divieti come i turisti che si fanno una foto assieme alle guardie della regina a Buckingham Palace. Gli incidenti si verificano sempre piú spesso perché ormai il Muro non è piú visto come un confine pericoloso e c'è chi viene a farci le vacanze come a Disneyland o alle Piramidi. I giapponesi organizzano qui i matrimoni, mentre gli inglesi vanno a Kadjouine e bevono fino a dimenticare sé stessi: cercano il caos.

Mando giú le pillole e in un attimo tutto si fa piú chiaro, i pensieri si allargano e la mente diventa liquida. Osservo le case di pietra addossate alla montagna e le loro forme coniche, quasi fossero di biscotto; mi sembrano abitazioni aliene, primordiali. Questo è un luogo creato prima dell'uomo e noi siamo sempre degli ospiti ignoranti e, forse, non graditi. La droga entra in circolo e mi sembra di capire molte cose. Dovrei segnarmele su un foglietto perché so che queste verità spariranno tra pochi minuti e mi resterà solo la consapevolezza di aver avuto tra le mani alcune intuizioni straordinarie e irrecuperabili. Cerco un bloc notes, ma il cruscotto contiene solo briciole marroncine, il taser e un libretto ciancicato che mi porto dietro da qualche giorno. Parla di un'antica profezia del deserto: non voglio rovinarlo con i miei scarabocchi. Meglio tornare subito con i piedi per terra; l'effetto delle pillole ti solleva in alto come una molla ed è meglio scendere alla svelta. Quando sei in turno, specialmente se sei solo, devi essere sveglio e presente. Al muro ci sono due tipi di persone: quelli svegli e quelli morti. Cosí si dice.

L'interno del pick-up ha un odore dolciastro, un misto di sudore e kebab. Devo farlo lavare prima del turno con Penelope. Riprendo il cannocchiale che avevo posato sul sedile e lascio correre lo sguardo nella piatta distesa di polvere e pietrame. Un occhio allenato come il mio può distinguere un movimento anche nel petrolio delle quattro del mattino, ma è difficile non lasciarsi distrarre dalle luci del Muro.

Niente da segnalare.

Metto in moto e punto il muso del pick-up verso le luci al neon. Lavoro nel settore bianco, quello sponsorizzato dai biscotti alla frutta. Non è la parte turistica però le pubblicità si vedono anche da qui. Ogni cinque minuti, un elfo verde mi invita ad avere un'alimentazione piú sana mangiando i prodotti dolciari che cucina lui stesso nella sua casa a forma di mela.

VISITA TUNISI LA CITTÀ LIBERA - CASINÒ - RESORT - AVVENTURA - DENTI PIÚ BIANCHI CON AGREX.

Noi guardiani abbiamo stabilito di non utilizzare mai i prodotti sponsorizzati; meglio il digiuno che i biscotti al lampone. Il display del mio cannocchiale segna zero: nessuno in vista. Questa è una zona archeologica, i migranti non passano dove c'è troppa gente. Bisogna osservare con attenzione e non basarsi mai sull'esperienza. Pensi di sapere tutto e ti sfugge l'ovvio.

I nuovi arrivati sulle torrette sforzano gli occhi, come se il deserto fosse reale; la prima cosa che gli insegnano è di fidarsi piú dell'istinto che della vista. Devi lasciare che lo sguardo si riempia di blu, dimenticarti del bagliore che viene dal Muro, della macchia di arbusti o del piccolo avvallamento di pietre gialle che copre una parte dell'orizzonte. È sufficiente osservare, senza alcun pensiero. Se qualcuno si muove in quella che sembra solo una distesa azzurra, lo percepisci anche senza vederlo. Una volta mi è capitato di sparare nel nulla, solo perché avevo sentito l'aria vibrare e il giorno dopo, uscendo con i cani per la solita ricognizione, abbiamo trovato una camicia sporca di sangue.

Sparare è facile. Quando sei tutto il giorno con un'arma a disposizione, l'idea di usarla si fa forte. Non è bello come nei film, la detonazione è solo una specie di schiocco poco rumoroso e per nulla inquietante. È piú un "cloc", come quando spezzi un ramo con i piedi. Premi il grilletto e qualcuno si affloscia a terra cento metri piú in là, come se fosse stato pieno d'aria e per scherzo gli avessero tolto il tappo. Però muore davvero.

Mi chiamo Franco Zomer, ho cinquantadue anni e lavoro al Muro da quando ero ragazzo. Anche mio padre era un guardiano. All'inizio, nessuno credeva che lo avrebbero costruito davvero: una linea fortificata di oltre milletrecento chilometri che attraversa quattro stati africani. Invece è stato piú semplice del previsto. In sei mesi, approfittando del caos in Libia, si è tirato il filo spinato alto due metri tra Gabes e Bengasi. La sola idea che ci fosse un confine ha ridotto gli arrivi illegali del sessanta per cento. Le persone preferivano passare da un'altra parte, anche se significava affrontare un viaggio molto piú lungo e pericoloso; una linea era stata tracciata, un senso di colpa era nato là dove prima c'era solo il deserto. Poi è cominciata la costruzione del lato est, tra Orano e Biserta. Naturalmente, in molti punti il filo spinato veniva tagliato durante la notte e i passeur continuavano i loro traffici portando le persone nel nostro paese. Desertificando chimicamente la zona, il controllo è diventato piú semplice. Quando il Muro fu diviso in settori e dichiarato frontiera ufficiale dagli stati membri della Comunità Europea, le guardie hanno avuto l'ordine di sparare a vista a chiunque violasse il confine. Questo ha diminuito ulteriormente gli arrivi e ha convinto gli stati costruttori della bontà del progetto. Con il tempo, la barriera è diventata di pietra e cemento armato, con torrette, tunnel, strade interne e innumerevoli passaggi segreti, vie di fuga, magazzini e ospedali. Il Muro è in perenne espansione e non credo esista qualcuno che ne conosca la mappatura completa. Adesso, è in progettazione il "terzo lato" che dovrebbe chiudere l'ingresso turco. Nonostante questo, la gente continua a cercare di valicarlo ed è per questo che io e gli altri siamo qui: proteggiamo il Muro. È strano, ma diciamo proprio cosí, non proteggiamo la nostra nazione o la nostra civiltà, noi proteggiamo il Muro. Come se fossimo figli di questo serpente di ferro, pietre e cemento. Visto da lontano, sembra una costruzione da fiaba; le torrette sono arrotondate e la sabbia ha levigato le pareti rendendole simili a biscotti bianchi. Ogni tanto strofino la mano sull'intonaco e mi piace sentire il calore che emana. Nelle crepe, lunghe feritoie grigie che si aprono sulle pareti come unghiate, si annidano insetti colorati. Il Muro è diventata la loro casa.

## 2.

Stasera non riesco a vedere le cose sotto una luce positiva. Questo strano libro mi confonde le idee. Ci sono frasi che mi porto dietro per giorni come questa: *Dio creò l'uomo e vide che era stupido. Non cessò di amarlo per questo.*

Non vedo l'ora di tornare a casa e buttarmi sul letto.

Se potessi dormire all'infinito credo che sarei felice.

È notte ormai, le voci della preghiera echeggiano nell'aria morta, spengo il motore e mi lascio inghiottire dal Muro. I colleghi scansionano il chip che ho sotto la pelle del polso e aprono le paratie. Dopo aver lasciato il pick-up, l'ascensore mi spinge in pochi istanti fino all'ultimo piano. Mi cambio la divisa e, per sgranchirmi, vado a fare due passi sul lungo camminamento che costeggia l'orlo del Muro. Fumo una sigaretta con la maggiore lentezza possibile. La voce della preghiera si allarga intorno alla città come se partisse dal centro della terra. Il caldo è pesante e la mia camicia fresca di bucato ha già due aloni scuri sotto le ascelle. Rientro e scendo le scale di pietra scura che portano alla Corte, un vasto spiazzo circolare lastricato di marmo. Intorno, si aprono diverse porte di legno. Entro nel mio ufficio, la porta numero quarantatré, per controllare i dossier di coloro che richiedono di passare domani. I viaggiatori ufficiali intendo, non la massa di disperati che si accalca sotto il Muro. Stasera ne devo esaminare una pila alta circa venti centimetri. Inforco gli occhiali e comincio a sfogliarli. Bisogna fare attenzione perché le truffe sono sempre piú raffinate e il solo fatto di avvicinarti al Muro ti rende colpevole o comunque sospetto. I falsari procurano i documenti ai migranti per millecinquecento, duemila euro. Poi i nostri informatori li denunciano, portando a noi la lista di nomi, e il giorno dopo tutto ricomincia da capo. È una grande farsa, eppure bisogna stare seduti nelle gabbie di vetro, sotto un sole duro, a far finta di controllare i richiedenti asilo, ascoltare le lamentele delle donne, il frignare dei bambini e il salmodiare implorante dei maschi. Poi ci si trasferisce negli uffici interni e si valutano le richieste piú serie, come quelle che mi sto facendo scivolare tra le mani. La differenza tra i due gruppi sono i soldi: i primi non ne hanno, i secondi sono ripieni come tacchini. Il risultato è il medesimo: nessuno passa se i documenti non sono a posto. A volte a qualcuno saltano i nervi e cominciano le minacce ma, in generale, le cose filano lisce. Verso le cinque del pomeriggio la frontiera si chiude e finisce il flusso di quelli che si spacciano per regolari, per aventi diritto.

Appena calano le luci del giorno, comincia il regno dei clandestini. Quelli che non hanno nulla da perdere.

Spingo gli incartamenti di lato e sbadiglio a lungo, cercando di far piú rumore possibile. Allungo la schiena contro la sedia e mi sgranchisco le braccia. Il collo pulsa come se dentro avessi mille vespe collegate alle lucine di un albero di Natale. Esco dall'ufficio mezzo assonnato e, prima di spegnere la luce, mi accorgo che qualcosa non va. Larue mi prende sottobraccio e mi sussurra all'orecchio che Romano è in punizione. Una leggera nausea mi sale nella gola. Mi piace Romano, è un bravo ragazzo, solo che non è fatto per il Muro. Larue dice che stanotte Romano si è addormentato in turno. Era strafatto e il capitano lo ha beccato. La nausea aumenta. Questo mese, sono stato sorteggiato per far parte della squadra di punizione. Non possiamo abbassare la guardia. In questo periodo il Serpente è molto attivo; ne ha fatti passare almeno una ventina il mese scorso. Alcuni migranti sostengono che sia uno sciacallo che si trasforma in uomo. O viceversa. Se è un cane selvatico, perché lo chiamano Serpente? Non ha senso.

Ci si attacca a tutto se dà speranza.

Sono molto stanco e vorrei andare a letto prima possibile. Scendo nel sottosuolo: Romano dev'essere già nella Stanza delle punizioni. Sa cosa lo aspetta e probabilmente non vede l'ora che accada: si sente in colpa. Entro con Larue e Rossi nell'anticamera, indossiamo le maschere di cuoio, poi prendiamo i manganelli. Quando entriamo, Romano è in piedi, rivolto verso di noi. In bocca ha una palla di gomma tenuta ferma dal nastro adesivo. Ci guarda con gli occhi sgranati, non so se è terrore o desiderio. Voglio togliermi questa cosa in pochi minuti cosí alzo il manganello e comincio a colpire. Quando abbiamo finito, sleghiamo Romano e ce ne andiamo mentre l'infermiere entra nella stanza con il carrello delle medicazioni. Non gli abbiamo fatto nessun danno permanente: tra una settimana Romano sarà reintegrato nei ranghi e non ci porterà alcun rancore. Non mi piace finire la giornata in questo modo, mi mette di cattivo umore. Vado alle gabbie per dar da mangiare ai cani. Vederli mi tranquillizza. Riconoscono il mio passo e cominciano ad abbaiare molto prima che arrivi. Io e Romano, un paio di anni fa, avevamo un cane, un bastardino che si era attaccato a noi dopo che lo avevano trovato mezzo morto nel deserto. Era magro e giallo, con croste scure sul muso e sul costato. Lo abbiamo ripulito e curato. Dopo un paio di mesi era diventato grosso e cattivo come gli altri e aveva per noi una devozione assoluta. Se gli avessimo ordinato di buttarsi sotto un furgone, lo avrebbe fatto senza esitare. Un giorno, lo abbiamo trovato con la gamba presa in una delle tagliole e Romano ha dovuto abbatterlo. Non dimenticherò mai lo sguardo che mi diede prima di morire, non ci odiava, esprimeva solo il desiderio di restare ancora un po' con noi. Lo stesso sguardo che aveva Romano prima che lo prendessi a manganellate.

Verso una grande quantità di cibo nelle ciotole d'acciaio e faccio girare la ruota che le sposta all'interno delle gabbie. I cani sono agitati; la notte scorsa ne sono usciti pochi e tutti gli altri hanno voglia di correre. Inoltre, la luce li irrita. Sono talmente abituati a svolgere il servizio al buio che il chiarore del giorno è diventato troppo forte per le loro pupille. Risalgo le scale e vado a lavarmi le mani. Tra le briciole del cibo per cani c'è una macchia scura. Dev'essere il sangue di Romano.

Una volta mi è capitato di lasciarmi scappare un migrante. Era un ometto ridicolo, alto non piú di un metro e cinquanta, magro e secco come un guanto di pelle lasciato al sole. Io avevo ventiquattro anni e nel mio settore non c'erano le paratie di ferro e i cavi ad alta tensione come adesso. La gente, a volte, correva semplicemente a perdifiato tentando di superare il confine. Quell'uomo aveva dei documenti cosí falsi da essere ridicoli. Aveva cominciato a implorarmi in un inglese stentato, dicendo che aveva due sorelle che lavoravano a Colonia e che lui voleva solo raggiungerle e lavorare. Poi mi aveva parlato della Madonna che gli era apparsa in sogno e gli aveva detto che io ero una brava persona e che lo avrei lasciato passare. In cambio Lei mi avrebbe sempre protetto e mi avrebbe trovato una brava moglie che mi avrebbe dato tanti figli sani. Io ascoltavo senza interesse, avevo già sentito quella solfa mille volte e in casi come questo di solito prendevo il fischietto e facevo intervenire i miei colleghi con i cani. Quella volta però la cantilena dell'ometto mi aveva incantato e aspettavo con il fischietto tra le mani, giocherellando con la cordicella. Sembrava talmente denutrito che non capivo come potesse reggersi in piedi. Mi diceva che la madonna gli aveva detto di mettersi in viaggio e lui lo aveva fatto. Dopo quattro giorni nascosto nel retro di un camion, era arrivato nel deserto senza morire e senza venire intercettato. Questo gli aveva dato la garanzia che la madre di dio stesse davvero vegliando su di lui. Aveva camminato con altri tre, sempre di notte e senza cibo, nella speranza di arrivare a Kadjouine e da lí trovare qualcuno che lo aiutasse a passare il Muro. Mentre dormiva per terra, i suoi compagni lo avevano derubato e si erano dileguati. Lui aveva pensato di essere perduto ma, il giorno dopo, aveva trovato i loro cadaveri attorno a una tagliola e nelle loro tasche aveva recuperato il passaporto. Nella tagliola c'era anche un coniglio preso per le zampe. Era stato quello ad attirarli e la scarica elettrica aveva fatto il resto. Il mio uomo aveva mangiato il coniglio e aveva raggiunto Kadjouine dove, per prima cosa, era andato in chiesa e la Vergine Maria gli aveva parlato dicendogli che al Muro avrebbe trovato una persona buona che lo avrebbe fatto passare perché il suo passaporto era valido. Dalla tasca aveva estratto una polvere come di erbe secche e me la voleva sbriciolare in testa dicendo che erano miracolose e che mi avrebbero dato la forza di montare anche tre donne per notte. Mentre io alzavo la mano per portare il fischietto alle labbra, l'ometto mi aveva gettato quella polvere negli occhi e si era messo a correre a una velocità incredibile. Sembrava posseduto da un demone tanto andava in fretta. Io gli correvo dietro fischiando a piú non posso ma lui guadagnava terreno a ogni falcata. Avevo tirato fuori la pistola mentre sentivo il latrato dei cani che arrivavano alle mie spalle. La luce del sole era accecante e l'ometto sembrava diventare sempre piú piccolo. Avevo vuotato il caricatore ed ero crollato in ginocchio, senza respiro. Lui era sparito, infilandosi nei cespugli verdi che vedevo fluttuare di fronte a me. I miei compagni mi erano arrivati alle spalle, superandomi. Se l'uomo fosse riuscito a percorrere il chilometro di terra di nessuno che era sotto il controllo del Muro sarebbe entrato in Europa, al sicuro. Oltre quel limite valevano le leggi ordinarie e per un migrante è tutto piú facile: nessuno ti può sparare e nessuno ti può rifiutare il cibo. Per molti è piú di quello cui sono abituati nei paesi d'origine. Non so se siano riusciti a prenderlo. Probabilmente sí, ma io non sono autorizzato a saperlo.

La sera stessa mi avevano portato nella Stanza delle Punizioni. Si erano assicurati che non avessi mangiato da almeno otto ore e avevano segnato con un pennarello rosso il mio corpo nudo nei punti dove avevo già subito dei traumi. I colpi non dovevano danneggiarmi in maniera permanente, ma non si poteva mai sapere. Mi avevano colorato il gomito destro che mi ero scheggiato da bambino e alcuni punti sul ventre di cui non capivo il motivo. Poi mi avevano infilato guanti, paradenti e palla di gomma in bocca, e mi avevano legato stretto. Ero rimasto da solo per piú di un'ora e avevo dovuto pisciare per terra perché non riuscivo a trattenerla. Alla fine erano entrati i miei compagni e io non vedevo l'ora che mi picchiassero. Ero colpevole e volevo lavare la mia macchia. Speravo solo di non mettermi a piangere. Dopo i primi colpi avevo perso conoscenza e poi mi ero risvegliato su una barella con una flebo attaccata al braccio. Ce l'avevo fatta. Una volta ripreso servizio, nessuno mi aveva rimproverato né aveva mai accennato all'accaduto. Siamo un gruppo. Avevo sbagliato, avevo pagato il mio debito e adesso era tutto come prima.

Niente vale come il dolore.

## 3.

Torno a casa tardi e i miei sogni agitati sono sotto il letto, pronti a farmi visita appena provo a chiudere gli occhi. Prendo un paio di pillole e ci bevo sopra un bicchierino di Kash, un'acquavite dolciastra che ha il potere di rendere il mondo un posto vivibile. La notte trascorre in un lampo e, quando riapro gli occhi, ho solo mezz'ora per raggiungere il Muro e cominciare il lavoro.

Quando faccio il turno di mattina, mi sveglio alle cinque e mezzo, a meno che non sia di vedetta. Abito a Gadja e il mio appartamento non è lontano dal Muro. Di notte posso vedere le insegne luminose che colorano anche la luna. La mia città è stata costruita assieme al Muro. È un agglomerato di piccoli caseggiati color pastello che, nel giro di pochi anni, si è ridotto a una tinta ocra e arancione.

Sono muri sporchi.

La rapidità con cui Gadja si è popolata ha obbligato gli architetti a addossare le case l'una all'altra e adesso un reticolo di vicoli male illuminati rende disagevole qualsiasi spostamento. Inoltre, per abbassare il prezzo delle palazzine, hanno usato materiali di costruzione scadenti con il risultato che tutto funziona male. Noi diciamo che Gadja è il nome di una divinità sconosciuta: la Dea dell'Arrangiarsi.

Al mattino, arrivo ai bastioni verso le sei e salgo negli spogliatoi. Dalla finestra, una fessura di cemento lunga un metro e venti e alta quaranta centimetri, getto una prima occhiata alla distesa che mi separa dal Mediterraneo. Poi mi volto verso il deserto e non mi giro piú: odio il mare. A quell'ora, l'azzurro sta per cedere il posto alla luce dell'alba. Gli uccelli si spostano pigri sui pochi alberi, gli ultimi movimenti prima del calore assoluto del giorno. A terra, immagino le grosse lucertole e i topi. Qualche cane selvatico, sempre meno man mano che passano gli anni, riga il paesaggio, e poi, improvviso come un temporale estivo, arriva il suono delle cicale che cominciano a frinire tutte assieme, come seguendo un comando invisibile, e non smettono piú fino alle otto di sera. La bandiera dell'Europa sventola stancamente nel settore italo-spagnolo e, se il nastro azzurro appeso sotto di essa non è ammainato, significa che nessuno è riuscito a passare. A dire il vero, non lo abbassiamo mai; è meglio se si pensa che il Muro sia invalicabile. Negli ultimi cinque anni, si calcola che siano riusciti a sfuggire alle nostre maglie solo mille migranti, cioè il due per cento di quanti ne passavano in un solo semestre prima che costruissero il Muro.

Non si può dire che non sia un successo.

Dopo essermi lavato nel catino dove c'è sempre acqua pulita, mi faccio la barba e infilo la divisa. Mi piacerebbe lavarmi nel mio appartamento ma l'impianto idrico fa schifo e la roba marrone che esce dal lavandino è piú lurida di quella che trovi nei fossati per cui mi sciacquo gli occhi con l'acqua minerale e poi vengo qui. Da qualche tempo sono un po' ingrassato e faccio fatica a chiudere la giacca. Devo ricordarmi di chiedere che me la adattino, ma non ne ho mai il tempo. L'idea di compilare tutti quei documenti solo per far dare due punti di cucitura alla divisa mi fa passare la voglia. Scendo in refettorio per la colazione. Di solito ci sono pane, marmellata di albicocche, caffè e acqua. Raramente ci forniscono la marmellata di fragole che era la preferita di Nina. Al sabato e alla domenica possiamo avere un toast.

Scendo verso le gabbie di vetro e già si vede la coda di persone che arriva da Kadjouine. Vengono con qualsiasi mezzo: furgoni scassati, pullman rubati chissà dove, biciclette, motorini, alcuni anche in strane carovane a metà tra il film western e il circo straccione trainate da cavalli talmente magri da sembrare giraffe grigie. Poi segue la folla a piedi, come una processione. Molti cantano e questa è una cosa che mi stupisce sempre. Se io fossi in loro l'ultima cosa che mi verrebbe in mente è cantare eppure lo fanno. Tutti in coro, senza conoscersi e senza parlare la stessa lingua. Sembra che i poveri abbiamo una musica comune che si ripete uguale in tutte le nazioni. Ci sono due varianti, una allegra come una marcetta e una triste come una litania funebre. Cantano e si scambiano oggetti e informazioni; tutti sono convinti che in un modo o nell'altro passeranno, anche se sono stati respinti già piú volte. Si raccontano e creano leggende alle quali finiscono per credere.

Piú volte ho sentito dire che il primo ministro francese Poisson in realtà è un migrante che ha fatto fortuna. Il padre, che aveva un permesso giornaliero per andare a vendere il pesce, aveva infilato il piccolo Poisson sul suo carretto, lo aveva nascosto sotto un plaid e lo aveva ricoperto con una montagna di acciughe marce. Il fetore era cosí disgustoso che le guardie di frontiera si erano limitate ad alzare un lembo della coperta e poi lo avevano fatto passare in fretta pur di allontanare quell'odore nauseabondo. Lo avevano anche preso in giro perché intendeva vendere merce avariata ma il genitore del futuro ministro aveva esibito un sorriso sfolgorante e aveva risposto che dio avrebbe provveduto e resuscitare il pesce, perché quello che è marcio al di qua del Muro dall'altra parte riprende vita. Insomma, era passato, il bambino aveva fatto strada ed era diventato il ministro Poisson. I francesi hanno addirittura realizzato un documentario per screditare questa voce. Si vede il ministro andare a visitare i parenti in un vecchio villaggio della Loira, ci sono le interviste ai nonni e alcune riprese molto toccanti nella stanzetta dove il piccolo Poisson studiava quando frequentava le elementari. Su una spartana scrivania da bambino, la telecamera indugia sulla copia de *La democrazia in America* di Tocqueville che il ragazzo aveva ricevuto in regalo da suo padre per il decimo compleanno e che reca ancora le sue sottolineature. Lo stesso Poisson, guardando fisso in camera, dice che all'inizio non capiva quel libro ma ne intuiva cosí profondamente l'importanza che ne aveva imparato lunghi passi a memoria, fiducioso che un giorno quelle parole lo avrebbero formato. Il documentario è stato trasmesso ovunque, soprattutto nelle stazioni di transito e nelle città di frontiera, ma non ha scalfito la fiducia dei migranti che continuano a dire ai propri figli di non perdere la speranza e studiare perché un giorno potrebbero diventare come il ministro Poisson e governare una nazione raffinata e ricca come la Francia.

Dal mio posto di osservazione, i tetti di Kadjouine sono una vaga ombra all'orizzonte. Le gabbie di vetro sono sopraelevate e lo sguardo non trova ostacoli fino alla catena montuosa. Io so che quella macchia scura è la città ma devo dire che è piú una suggestione che una visione vera e propria. Ci vuole circa mezz'ora con i nostri pick-up per raggiungerla. Sembra impossibile ma, una volta, i migranti sbarcavano direttamente sulle spiagge europee. Improvvisavano barconi fatti di bidoni di lamiera, con quattro assi fissate alla bell'e meglio e nessuna vela, oppure cercavano di arrivare su gommoni o addirittura legandosi tra loro con salvagenti fatti di camere d'aria. Molti morivano ma tantissimi riuscivano ad arrivare e a nascondersi nei boschi dove sopravvivevano uccidendo cani e conigli. Trasformare le coste meridionali del Mediterraneo in protettorati ha risolto gran parte del problema. È bastato spostare in Africa le frontiere europee e desertificare la zona al di là del confine con prodotti chimici. Adesso, chi cerca di arrivare da noi deve attraversare una terra di nessuno arida e pericolosa, dove pochi riuscirebbero a sopravvivere. Il Serpente è uno di questi, un criminale che ha scelto di vivere nel deserto. Aiuta i migranti che hanno soldi o che possono dargli la vita in pegno. Tutti adorano il Serpente. Sperano di incontrarlo perché, se ti prende in simpatia, puoi star certo che in qualche modo il confine lo passi. Quelli che riescono a raggiungere Kadjouine, prima o poi trovano dei documenti e si avviano verso il Muro, con l'aiuto del Serpente o senza. Ogni giorno aumenta il loro numero ed è una vera e propria colonna di formiche quella che vedo venire la mattina presto verso la mia gabbia di vetro dove, alle otto in punto, comincia la pantomima del controllo documenti.

In realtà abbiamo ordini ben precisi, anzi, seguiamo un'ordinanza ufficiosa congiunta di Europa e Stati Uniti del 2026, dove si precisa che dal Muro del Messico e da quello FRASPI (Francia-Spagna-Italia, ma che comprende ormai anche Grecia e Turchia) non deve passare piú nessuno a meno che non abbia documenti europei o statunitensi. Cosí controlliamo tutti i passaporti trovando in ognuno qualcosa che non va in modo da poter respingere i richiedenti. In fondo, come ho già detto, i loro documenti sono davvero falsi, opera degli artigiani di Kadjouine, per cui sia noi che loro sappiamo che stiamo recitando una grande farsa. È la democrazia del deserto.

## 4.

Mi accendo una sigaretta, anche se nelle gabbie non si potrebbe fumare, e aspetto che arrivino. Alla mia destra c'è Gaber, un greco grande e grosso che sembra essere stato sbozzato da uno scultore frettoloso che poi lo ha lasciato lí senza finirlo. Ha un naso enorme e un sorriso piú grande ancora. Gaber non è il suo vero nome ma lo chiamiamo tutti cosí, senza motivo. Non ha capelli ma ha un tatuaggio sulla tempia, un simbolo giapponese che significa "il nulla", o almeno lui cosí sostiene. Io non ho mai sopportato i tatuaggi. Quando ero piccolo ho visto un film poliziesco, non ricordo il titolo, in cui il colpevole veniva ricercato in tutta Europa sulla base di un piccolo tatuaggio che aveva sul polso. Era un segno incancellabile, una prova di colpevolezza di cui era impossibile sbarazzarsi. Fin da allora ho deciso di non voler imprimere sul mio corpo nulla di definitivo, di evitare qualunque segno distintivo. È come se avessi sempre saputo che nella mia vita c'è qualcosa di sbagliato, un'ombra che prima o poi mi costringerà a sparire in fretta, lasciando cose e persone amate.

Non ho mai avuto la sensazione di essere a casa.

Alla mia sinistra invece Penelope è magra e nera, tutta nervi e spigoli. Sembra che ci abbiano messi assieme studiando con cura le proporzioni. Gaber sta cercando qualcosa nel suo naso gigantesco e sembra faccia fatica a trovarlo.

«Ieri ho fatto un sogno» dice.

«Io non sogno mai» risponde Penelope che sembra sempre non ascoltare ma invece sta all'erta: non le sfugge nulla.

«Stavamo aspettando nei pick-up» continua Gaber «prima di uscire in ricognizione. Era buio e io volevo solo fumarmi una sigaretta. A un certo punto suona l'allarme. Si accendono i riflettori e i cani cominciamo ad abbaiare come pazzi. Io penso che abbiano beccato qualcuno che voleva passare. Insomma, controllo la pistola e scendo. Faccio per andare verso il settore quattro, quello da dove era partito l'allarme».

«Nessuno passa dal settore quattro» dice Penelope, «da lí solo uno scemo ci prova. È tutta roccia rossa».

«Lo so» continua Gaber per nulla spazientito.

Non ha senso arrabbiarsi tra noi: è solo un modo di far passare il tempo e di giorno le lancette sembrano incollate all'orologio.

«Lo so» dice quindi Gaber, «è solo uno stupido sogno, non ho detto che qualcuno è davvero passato dal settore quattro».

«Ma tu, nel sogno, ci hai creduto?» dice Penelope.

«Certo che ci ho creduto, nei sogni credi ai mostri, ai morti che ritornano, alle donne che vogliono scopare solo con te e anche al fatto che un cretino ha tentato di passare per il settore quattro. Comunque, appena mi avvicino al filo spinato, mi viene incontro un agente assieme a due funzionari in giacca e cravatta, gente del governo europeo e mi bloccano».

«Che cosa volevano quelli del governo?» dico io che di solito non mi interesso ai sogni degli altri, ma questo mi intrigava perché aveva a che fare con il Muro.

«Be', non ci crederete, ma mi spiegano che stavano facendo dei lavori al settore quattro, sai il progetto del Muro che deve sempre crescere ogni anno».

«"Un Muro fermo è un Muro che si scavalca"» sentenzia Penelope.

«Già» dice Gaber, «comunque, facendo gli scavi avevano trovato un osso. All'inizio pensavano che fosse di un migrante, le fosse comuni dei primi tempi nel deserto. Ne morivano a migliaia e alla fine li ammucchiavano tutti in un fosso o roba simile perché non era possibile seppellirli tutti. Mi riferisco a quando non avevano ancora desertificato e venivano tutti a morire sotto il Muro. Invece salta fuori che l'osso è gigantesco e non è affatto di un migrante ma di una balena, una balena preistorica».

«E che ci faceva una balena preistorica sotto il Muro?» chiedo io.

«E che ne so?» dice Gaber. «Il sogno finiva lí, però, poco prima di svegliarmi mi era sembrato di volare, perché mi ritrovavo in alto, sopra il settore quattro e vedevo quella balena, cioè era uno scheletro, è ovvio, tutta già tirata fuori dalla sabbia e grande, piú grande del Muro, con la faccia rivolta verso il mare».

«Come se si fosse sbagliata» dico io.

«Proprio cosí» dice Gaber, «si era sbagliata e voleva fare marcia indietro ma ormai era troppo tardi e si era incagliata lí, sotto il Muro».

«Ma se era sotto terra come faceva a essere piú alta del Muro?» dice Penelope.

«E che ne so? Piantala di sindacare su ogni cosa.

Era un sogno, no? Nei sogni succedono cose strane e non bisogna farsi troppe domande. Ma ti dico che quello scheletro era impressionante, bianco sotto il sole, lucido e con le fauci aperte».

«La balena non ha le fauci» dico io che comincio un po' ad annoiarmi e vedo già arrivare un carretto pieno di straccioni con capre e teli ricamati.

«Era una balena preistorica, non una di quelle di adesso. Quelle preistoriche ce le avevano le fauci e dovevi vedere che razza di denti. Roba da paura».

Penelope fa suonare la sirena perché sono le otto e allora comincia la processione. La sento gridare «Calma, calma!», ma non c'è niente da fare: le prime due ore sono le peggiori, arrivano quelli piú decisi, piú svegli. Vogliono passare a ogni costo e si accalcano, saltano la fila, litigano tra di loro. A volte siamo costretti a fare intervenire i colleghi con i manganelli e i taser. Dalle dieci e mezzo in poi si tranquillizzano, capiscono che è una cosa lunga e non urlano piú. Si alza solo ogni tanto il lugubre suono della preghiera che sembra riempire un cielo vuoto. Nel pomeriggio, poi, arrivano le donne e i bambini. A dire il vero, avrebbero il diritto di passare per primi, ma quelli che hanno fatto il viaggio per arrivare fin qui hanno perso ormai ogni decenza e la dignità se la sono venduta da qualche parte, per cui passano prima i piú forti e poi tutti gli altri. Se stai fuori dalla civiltà, ci vuole un attimo per tornare alla legge della giungla. Ecco perché è fondamentale il nostro lavoro qui al Muro. Poche regole ma seguite con disciplina ferrea e tutto fila liscio.

Chi sbaglia, paga. Funziona.

Ecco che si avvicina il primo. Non è un nero, i primi non sono mai neri, sanno che i bianchi passano con piú facilità e preferiscono passare dopo, quando siamo stanchi e meno attenti. È un'altra delle loro leggende. Per quanto mi riguarda io non ho proprio niente contro i neri. Questo ha una pelle incartapecorita dal caldo, giallastra, dura come un pezzo di cuoio.

«Buongiorno, capo» mi dice «ecco i documenti».

Mi allunga un paio di foglietti stropicciati pieni di bolli di città di tutto il mondo: Zanzibar, Canton, Macao, Andorra.

«Non sono buoni questi documenti, signore» gli dico intimandogli con un dito di tornare da dove era venuto.

Avvicina la faccia al vetro e comincia un lungo discorso in una lingua che non conosco, mezzo spagnolo e mezzo francese, con mille parole incomprensibili dentro. Anche se non lo capisco, so che cosa mi vuole dire. Mi sta raccontando la sua storia: famiglia povera, tanti fratelli, niente da mangiare, probabilmente la guerra. La solita storia, la storia di tutti. Io non lo guardo in faccia, se li guardi negli occhi, se stabilisci un contatto, non ti lasciano piú, pensano che gli sei amico; diventa difficile toglierseli di torno e bloccano la fila. Quelli dietro cominciano a protestare. La sua chance l'ha già avuta, adesso si deve togliere dal palcoscenico, tocca a qualcun altro inscenare il teatrino. Mentre il collega si avvicina con il manganello, io infilo nella fessura del vetro antiproiettile la ricevuta di respingimento. Con quel foglietto può andare a Kadjouine, mangiare due pasti caldi e dormire una notte nei capannoni per rifugiati in periferia. Naturalmente deve lasciar passare almeno due mesi prima di ritentare il passaggio altrimenti viene marchiato e non potrà mai piú provare ad attraversare il Muro regolarmente.

Bisogna diffidare dei tatuaggi. La gente che ha il numero sul braccio non vale piú niente. Non può piú passare né tornare indietro. Alcuni dicono che il Serpente ha il numero sul braccio.

Se lo è fatto da solo.

All'inizio c'erano state grandi resistenze da parte dei politici di destra per la concessione di questi fogli di respingimento, ma poi si è capito che era piú conveniente cosí. Se ci si limitava a rimandarli indietro con le buone, non c'era verso che se ne andassero e con le cattive scoppiavano tafferugli quasi ogni giorno. Adesso se ne tornano con un contentino che per loro è già tanto se si considera che spesso non hanno nulla da mangiare. Questo qui però non vuole cedere, non gli bastano vitto e alloggio per stasera, crede proprio di poter passare. Si avvicina al vetro e si scopre il petto. Mi mostra tre lunghe cicatrici, incisioni profonde, e mi dice: «Tortura, mio paese tortura». Io non posso fare altro che pigiare il pulsante. Il suono non si sente ma, in un attimo, arrivano i colleghi e il ringhio dei cani fa arretrare tutti. Con i pitbull non si può discutere. L'uomo si calma all'istante e mi fa un largo sorriso prima di lasciarsi condurre altrove. Stasera si ubriacherà a spese della Comunità Europea in qualche bar della città. Mi hanno detto che al confine tra Stati Uniti e Messico c'è gente che ci vive con i fogli di respingimento. Da loro si può passare ogni settimana. Se una persona può contare su una famiglia numerosa o è in grado di sfruttare una decina di donne e bambini, può tranquillamente campare senza faticare troppo. In fondo, la gente si abitua a tutto, sono pochi quelli che hanno orgoglio. Se ci dessero una razione di cibo in una ciotola due volte al giorno e un tetto sopra la testa, proprio come i cani, penso che per molti di noi sarebbe sufficiente.

Devi togliere tutto a un uomo per capire come è veramente.

I prossimi sono due bambini senza accompagnatore. Ciò significa che i genitori devono essere qui vicino e li mandano da soli perché pensano che abbiano piú possibilità. La legge dice che non si possono respingere i bambini, ma, come dicevo, è tutto teatro. Faccio cenno ai due ragazzini di passare. Una mia collega li prenderà in consegna e li metterà nella gabbia dove, tra poco, riconosceranno i genitori. Gli verrà spiegato che ormai è fatta, che sono passati, che sono stati bravi e che adesso potranno ricongiungersi a mamma e papà. I bambini, anche se li istruisci a dovere, si lasciano sempre fregare. Appena i genitori provano a passare, i bambini li salutano o ammiccano o piangono e in meno di tre minuti si ritrovano tutti nel deserto con un foglio di respingimento. Negli ultimi cinque anni abbiamo fatto passare quarantasei bambini. Quando accade, non vanno subito nei centri europei di smistamento migranti. Esistono altre quattro scremature e molti di coloro che pensano di avercela fatta passano il resto della vita nelle banlieue al di là del Muro, nelle zone dove non ci sono spiagge per turisti. Ogni tanto, quelli che sono riusciti a passare e a richiedere asilo, fanno lavoretti nelle città e poi i pullman li riportano nei quartieri dove hanno i loro negozi e le loro scuole. Non vengono pagati in denaro, hanno una valuta a uso locale che possono spendere solo nella banlieue. Cosí trascorre la loro vita in attesa dei documenti definitivi, i passaporti europei per rifugiati che dovrebbero garantirgli pieni diritti e doveri. La burocrazia però è una bestia lenta e i documenti alla fine non arrivano mai. Dopo un po' si rassegnano. Nonostante tutto, il flusso dei migranti non è diminuito. Continuano ad arrivare come zanzare su una pozza d'acqua sporca, ogni anno sempre piú numerosi.

Adesso si avvicinano in quattro: tre uomini e una donna. So già che mi offriranno la donna. È tutto cosí triste e ripetitivo che mi viene un gran sonno.

La vita umana è noia.

## 5.

Verso le dieci e mezzo faccio una pausa, mi viene voglia di stare solo e fumare. Non conto piú il numero delle sigarette, i pacchetti costano pochissimo e non facciamo altro che accenderci la sigaretta nuova con il mozzicone di quella vecchia. Si dice che se noi guardiani smettessimo di fumare il Muro crollerebbe in due giorni, e credo sia vero. Resto in piedi per ridare vita alle gambe mentre sono sotto il rettangolo d'ombra di un contrafforte. Guardo verso il deserto che a quest'ora sembra galleggiare nell'aria bollente. Lo chiamiamo deserto ma in realtà è una pietraia gialla e rossa con grossi tronchi secchi e bianchi che riescono ancora a dare vita a qualche foglia neroverde. La pianura è punteggiata da macchie di rovi e arbusti. I cani selvatici e le lucertole li usano per farci le loro tane. Anni fa, mio padre mi diceva che questa era una zona di aranceti e vigne. Ogni tanto provo a immaginarmela come nelle foto che si trovano ancora su internet. Ampie vallate, già secche anche allora ma fertili, e larghi prati dove crescevano file interminabili di ulivi o limoni. Tutto questo prima che cominciassero ad arrivare.

Penelope viene a fumare accanto a me. Aspira il fumo incavando le guance magre. Io la trovo bellissima anche se non sopporto la cattiveria con cui punzecchia Gaber. Viene da Catania. Era sposata con uno che lavorava nelle ferrovie e la picchiava. Poi è rimasta incinta e, quando il marito ha provato a tirarle un paio di ceffoni, lei ha preso un coltello dalla cucina e glielo ha puntato in pancia. Gli ha detto che adesso che aspettava un bambino nessuno l'avrebbe piú toccata, men che meno un uomo di merda come lui. Il marito è scoppiato a piangere, si è buttato in ginocchio di fronte a lei dicendole che aveva ragione, che meritava di essere punito da dio per quello che aveva fatto alla donna che amava. Insomma, l'uomo che le aveva storto le braccia fino a farla piangere, che le aveva dato un pugno allo stomaco cosí forte da farle urinare sangue per due giorni e che una volta, ubriaco fradicio, l'aveva scaraventata giú dalle scale, adesso era lí che frignava come una bambina esclusa dal saggio di danza. Penelope gli aveva detto di togliersi di torno, che il bambino se lo sarebbe tirato su da sola. Lui, in silenzio, aveva riempito un paio di borse di nylon con le sue cose ed era rimasto sulla porta con il moccio al naso come se non sapesse nemmeno chiamare l'ascensore. Insomma, alla fine se ne era andato da suo fratello e Penelope era rimasta da sola ad accarezzarsi la pancia e a parlare con il bambino che però era già morto. Aveva abortito un paio di giorni dopo e aveva smesso di mangiare. Fumava quattro pacchetti di sigarette al giorno e sbocconcellava qualche cracker. Dopo una settimana, i capelli erano diventati un cespuglio inestricabile e il suo profilo severo (naso dritto come se lo avessero tirato con il righello e occhi grandi e profondi) si era ancora piú affilato. A quel punto, una luce si era riaccesa in lei. Si era fatta una doccia, aveva buttato direttamente nella spazzatura la canottiera e gli slip che teneva addosso da quando aveva preso le ultime sberle ed era andata al supermercato. Non riusciva a infilare niente di commestibile nel carrello perché qualunque cibo solido le dava la nausea. Dopo mezz'ora, aveva incontrato una vicina di casa e questa le aveva fatto notare che stava per acquistare venti confezioni di succhi di frutta assortiti e quattro bottiglie di tequila.

«Ci si diverte stasera, eh?» aveva detto la donna.

Penelope si era vergognata, aveva bofonchiato qualcosa sul fatto che adesso viveva da sola e che, insomma, era un periodo di transizione. L'amica le aveva raccontato che suo cognato aveva incontrato Raul (il marito violento e frignone) e si erano fatti una birra insieme. Raul aveva pianto, urlato e alla fine aveva detto che si sarebbe vendicato. A quel punto aveva estratto una pistola e l'aveva mostrata al cognato che si era preso un bello spavento. Penelope aveva capito che, dopo la sorpresa e la vergogna, in Raul sarebbe riemerso l'orgoglio dell'uomo che non si fa mettere i piedi in testa da nessuna donna, soprattutto se questa porta in grembo suo figlio.

«Digli che ho dovuto abortire, non c'è nessun figlio» aveva detto Penelope girando il carrello di centottanta gradi e tornando a casa alla svelta.

Per un po' era stata da sua madre, poi da un'amica. Infine aveva fatto domanda per lavorare al Muro. Al colloquio le avevano chiesto perché volesse lavorare in un posto tanto pericoloso e lei aveva risposto che non poteva essere peggio che stare a casa ad aspettare che il marito l'ammazzasse. E poi avrebbe imparato a usare un'arma.

Non l'avevo mai sentita dire tante parole tutte insieme. Aveva le lacrime dentro agli occhi ma non le avrebbe fatte uscire neanche se l'avessero ammazzata. Adesso la guardo mentre aspira la sua sigaretta come se da quel gesto dipendesse tutta la sua vita e penso che mi piace proprio tanto, Penelope. È una persona a posto anche se sembra mettere sempre del filo spinato fra sé e gli altri. Una volta Gaber ci ha confessato di aver tirato un ceffone alla sua fidanzata greca perché l'aveva piantato per un altro. Scherzava, conosco bene Gaber e non ha mai avuto una ragazza, ma da quel momento Penelope non lo ha piú lasciato in pace. Quella donna sa essere una gran rompicoglioni se vuole.

«Come va?» le chiedo cosí per dire, senza aspettarmi davvero una risposta.

«Al solito» mi risponde senza voltarsi.

Non si capisce mai cosa guardiamo di tanto interessante in questo deserto, eppure sembriamo tutti ipnotizzati.

«Uno oggi mi ha offerto, nell'ordine: il cazzo, il coltello e la foto di Maria Vergine» dice Penelope. «Tutto normale».

«Cosa gli hai detto?» chiedo.

«Che nessuno dei tre lo avrebbe aiutato a passare se non aveva un passaporto valido».

«Allora è proprio tutto come al solito» dico.

Penelope fa un sorriso ed è bellissima quando vedi la sua faccia che si apre, quella faccia cosí scura, e vedi i denti bianchissimi che le trasformano il viso. Mi piacerebbe farla ridere piú spesso ma io non sono di quelli che hanno il senso dell'umorismo.

«Pensavo a Gaber» dice poi ritornando seria, «cioè al suo sogno, quello della balena».

«I sogni sono solo sogni» dico io.

«Certo, lo so, ma il fatto è che un sogno del genere a volte lo faccio anche io».

«In che senso?»

«Non hai mai pensato che un giorno o l'altro il Muro verrà giú?»

«No, naturalmente» rispondo.

«Nemmeno io riesco a immaginare qualcosa di piú solido. Però hai visto quanti ne arrivano? Ogni giorno sono di piú. Mi chiedo quanto gli ci vorrà per capire che le squadre con i cani sono solo composte da poche persone. Se ci attaccassero tutti insieme, non avremmo scampo».

«Non lo faranno mai» le dico, «loro non vogliono farci la guerra, vogliono solo passare, vogliono diventare come noi».

«Mi sa che hai ragione» dice Penelope buttando a terra la sigaretta e spegnendola con il tacco dello stivaletto. «Però sono davvero tanti. Hai presente la linea Maginot?»

«Piú o meno» rispondo.

«Era una specie di linea difensiva, una enorme, lunghissima fortificazione tipo il nostro Muro che separava la Francia dalla Germania. I francesi pensavano che fosse invalicabile, si sentivano protetti. Ma Hitler ha invaso la Francia passando dal Belgio, fregandosene del fatto che era neutrale, e cosí si sono ritrovati i nazisti in casa in un paio di giorni».

«Cosa vorresti dire con questa storia della linea Maginot?» le chiedo.

«Che quando qualcuno vuole fare una cosa prima o poi la fa e quello che tu credi sia sicuro non conta niente di fronte alla volontà ostinata. Se non m'importa di vivere, che mi importa se tu hai una pistola?»

Penso che Penelope abbia ragione. Rientriamo.

«Stasera vai a Kadjouine con Gaber?» mi chiede.

«Penso di sí» rispondo.

«Fa' attenzione» dice, «ricordati che quella roba puoi trovarla anche qui».

«Lo so» dico, e me ne vado girando le spalle.

## 6.

A volte guardare Penelope fa male, poi non me la dimentico per giorni interi. Vado un attimo in bagno e, mentre tiro lo sciacquone, prendo il tubetto che ho infilato in un calzino e ingoio tre pastiglie di Golden Slumbers. Ho imparato a prenderle senz'acqua. Alla fine il sapore ti piace. I primi giorni ti sembra di avere un cane morto sulla punta della lingua, ma poi ti piace. È inutile cercare di limitare il consumo di stimolanti, tutti si fanno dal mattino alla sera sennò non riuscirebbero a resistere a lungo in questo lavoro. Devi solo saperti regolare e arrivare alla visita medica mensile con le urine di un neonato. Il periodo prima della visita lo chiamiamo ramadan perché nessuno prende niente e siamo tutti fuori di testa. I migranti lo sanno, sanno sempre tutto, e in quei giorni arrivano solo i piú sprovveduti o i piú disperati. La maggior parte dei tafferugli avviene durante il ramadan. Siamo tutti con gli occhi arrossati da una specie di raffreddore cronico e un leggero velo di sudore freddo ci ghiaccia le ossa anche se fa un caldo da morire. Per tirare avanti beviamo caffè e fumiamo come disperati. Se proprio ci viene da prendere a testate il muro cerchiamo di attenuare i sintomi con il Kash, la nostra acquavite casalinga. È meglio sopportare due giorni di ronda notturna in piú se ti beccano con l'alcol nel sangue che passare per drogato. I medici lo sanno e ci lasciano gestire la cosa a modo nostro. L'importante è non uscire dal seminato. Ecco perché Romano rischia grosso. Tutti sanno che si fa piú del dovuto. Prima o poi succederà un casino grave: è solo questione di tempo.

Pochi secondi e sento che la droga entra in funzione. Mi passa il mal di testa, non ho piú sonnolenza. Rientro nel Muro ma non torno giú alle gabbie di vetro. Ci sono i pullman che arrivano sulla corsia riservata, proprio a fianco di quella dove si snoda la colonna degli straccioni. Portano i regolari: i turisti, gli operai, i volontari delle organizzazioni umanitarie e io ho i miei quarantanove sospetti da interrogare, scandagliare, far contraddire e poi rimandare indietro con altri pullman per un'altra strada in modo che chi organizza tutta la messinscena dei passaporti falsi possa far credere che la gente passi davvero. Mi cambio la divisa e metto gli abiti finto-borghesi, uguali per tutti noi: giacca grigia, camicia bianca e cravattino nero; a metà fra un assicuratore e un cowboy. Mi siedo alla scrivania e schiaccio un pulsante cosí la gente che è in coda fuori dal mio ufficio sa che stiamo cominciando. La prima a entrare è una donna sui quaranta con una ragazzina che ne avrà sí e no quindici: la figlia, secondo i documenti.

«Naima Kaffour?» chiedo.

Lei fa sí con la testa. Ha un viso nobile color caffellatte e minuscole efelidi attorno al naso. I capelli sono ricci e sottili, annodati stretti dietro la nuca. Sembra una principessa venuta dallo spazio, con quel collo lunghissimo e gli occhi a fessura. È vestita con abiti eleganti, porta una collana dorata che riflette la luce al neon e mi rende difficile squadrarla con aria severa.

«Questa è sua figlia Lea?»

Di nuovo un cenno d'assenso.

«Da dove viene?»

«Ciad» risponde con un filo di voce. Siamo alle solite. Tutti sostengono di venire dal Ciad perché c'è la guerra civile da quando il governo cinese si è ritirato.

«Non le piace il Ciad?»

Faccia sorpresa.

«Ho chiesto se le piace il Ciad o se invece detesta il regime al governo».

«Io amo il mio paese» comincia la donna con mille cautele. Sembra che abbia ricevuto il dono della parola oggi stesso e che stia cominciando a parlare per la prima volta, anche lei stupita dei suoni che le escono dalla bocca. La ragazzina invece mi guarda con gli occhi sgranati. Sembra muta.

«E allora perché intende emigrare?» chiedo fissandola. Piú che le sue parole mi interessano i suoi movimenti facciali. Lei lo nota e cerca di restare piú neutra possibile. Mi farei un altro paio di pastiglie ma non è possibile. Mai esagerare. I lividi di Romano devono servire da lezione.

«Non sono una migrante, sono una rifugiata. C'è la guerra e non abbiamo piú la casa...» comincia la donna ma io non posso permetterle di recitare il suo rosario sennò la metto in una posizione di superiorità, cosí la blocco all'istante.

«Dov'è il padre della ragazza?»

Lei mi guarda sorpresa.

«Di Lea? È morto».

«Chi l'ha ucciso?» chiedo senza staccarle gli occhi dal viso. La menzogna odia abitare nel nostro corpo. Fa di tutto per uscire. Basta saper osservare.

«I soldati» dice. «Servizi segreti. Siamo dovuti scappare».

«Suo marito lavorava per i servizi segreti del Ciad?» chiedo. La regola è prendere le loro parole senza ascoltarle. Trasformare tutto in domande. Mettere in dubbio.

«No, certo che no».

«È lei che ha parlato di servizi segreti, o sbaglio?»

«Sí, ma, ho detto che è stato ucciso dai servizi segreti» dice lei sull'orlo delle lacrime. Vedo tremare la radice del naso. Non vuole cedere: è una donna orgogliosa.

«Dunque era una spia? Un criminale? Lei sa che la nostra legge consente l'accesso in Europa solo a chi fugge da una guerra, non a chi la combatte o peggio ancora a chi riteniamo possa essere un criminale».

«Mio marito non era un criminale» risponde la donna.

«Devo chiederle di moderare il tono di voce» dico anche se lei ha praticamente sussurrato, «o il nostro incontro potrà considerarsi concluso. La ragazza qui presente, Lea, non mi pare le somigli. È davvero sua figlia?»

«Certo» ribatte sprezzante Naima o come diavolo si chiama davvero.

«Forse, se cominciassimo a dirci la verità, le cose andrebbero piú spedite. Io vorrei davvero lasciarvi passare ma devo essere sicuro che voi siate realmente chi dite di essere. La ragazza non parla?»

«Non capisce la vostra lingua» dice la donna.

Fingo di rispondere a una chiamata sul cellulare e con la mano faccio cenno alla donna di tacere. Devono sempre pensare che ci sia qualche problema piú importante da gestire. Mi occupo del loro caso ma è un'inezia nel grande mare delle mie incombenze. Questo li spinge a essere umili e a stringare gli sproloqui. Ripongo il telefono sulla scrivania e mormoro qualcosa con espressione disgustata, come se tutto il mondo cospirasse per farmi irritare. Mi giro di scatto verso Lea e le dico: «Sei una gran puttana». Lei non fa una piega e mi guarda con quell'aria catatonica poi si volta verso la madre come a chiedere spiegazioni. È ovvio che non capisce. La donna mi osserva sgranando gli occhi.

«Mi ascolti, Naima» continuo in tono neutro, «io so che questa ragazza non è sua figlia. Quanto le hanno promesso per portarsela dietro? Non ha un vero e proprio documento ma solo un allegato al suo. Per quanto mi riguarda, lei potrebbe anche passare ma questa qui proprio no. Si rende conto che rischia di essere rimandata indietro solo perché si ostina a sostenere che Lea è sua figlia. Lo sa quanto le ci vorrebbe per poter espatriare nuovamente dopo aver dichiarato il falso? Sei anni. E in sei anni, soprattutto se la riportano in Ciad, possono succederle molte cose brutte. Diamoci una mano a vicenda. Mi dica chi è questa ragazza e io vedo di fare qualcosa per lei».

Naima tace, ma una lacrima le cola lungo la guancia destra; il suo orgoglio non è bastato a trattenerla. Mi spiace. Sento il solito bruciore allo stomaco. Non mi diverto con questa pantomima. A ben guardare, tutti dobbiamo spalare fango per vivere. Ancora un paio di domande e questo incontro avrà termine.

«È uno dei prezzi che ha dovuto pagare per avere il passaporto? Gliel'hanno presentata a Kadjouine?»

Lei annuisce.

«Viene dal Ciad?»

Naima si stringe nelle spalle.

«Bene» dico, «adesso si comincia a ragionare. Lea verrà presa in custodia dai miei colleghi. In qualche modo capiranno da dove viene e, se si può, la aiuteranno a tornare. È tutto».

Le guardo e aspetto che si alzino.

Naima non capisce. «E io?» domanda.

La guardo dritto negli occhi e fingo di sfogliare il suo incartamento. Poi, prendo il mappamondo e glielo metto di fronte.

«Mi indichi il Ciad, per favore».

Lei è spiazzata, allunga l'indice ma si capisce che non ha la piú pallida idea di dove puntarlo.

«Naima Kaffour, tu hai dichiarato piú volte il falso» le dico dando un colpetto al mappamondo e facendolo vorticare. «Hai spacciato Lea per tua figlia, non sai nemmeno indicare il tuo paese su una cartina e questo passaporto falso te lo hanno fatto a Kadjouine. Adesso io ti chiedo: vuoi alzare la voce e creare problemi in modo che tutti sappiano che hai tradito Lea o vuoi tornare a Kadjouine e riprovare tra un po' con un passaporto vero? O perlomeno con uno meno falso di questo?»

Naima mi guarda e mi fa la domanda che fanno tutti e per la quale non ho risposta.

«Se torno indietro cosa farò? Ho speso tutto per arrivare fino al Muro».

«Non lo so» le dico, «nessuno di noi sa cosa farà domani ma qualcosa alla fine facciamo tutti. Tieni duro. A Kadjouine qualcosa si trova sempre».

Mentre le dico queste parole schiaccio di nuovo il pulsante ed entrano un paio di colleghi. Le donne si lasciano trascinare fuori come due sacchi vuoti. Lea non ha capito una parola di quello che abbiamo detto ma ha intuito che tutto è andato storto. Non sembra preoccupata, è come se avesse sempre saputo che non c'era nessuna possibilità e abbia provato a giocare lo stesso. È andata male, ci riproverà di nuovo e poi ancora, all'infinito finché avrà un alito di quella specie di vita che la anima. Naima, invece, non la rivedrò piú. Tra una settimana finirà semisepolta nel deserto e forse la ritroveremo, o forse no. Quelle come lei, vecchie, orgogliose, non durano niente. Si ostinano a restare umane e non capiscono che, se vogliono avere una chance di sopravvivenza, devono liberarsi al piú presto di tutto ciò in cui credono e di tutto ciò in cui sperano. Solo chi riduce la propria esistenza al minimo, tra l'umano e il vegetale, sopravvive per un po'. Li vedo, questi ragazzi delle nuove generazioni, che arrivano sotto il Muro. Non parlano, non chiedono neanche di passare, sono zombie che sanno camminare solo in avanti. Non gli importa di nulla.

## 7.

La sera passo a prendere Gaber. Ha un appartamento di due stanze a un paio di chilometri dal Muro in un condominio basso e tozzo come una testuggine di mattoni. Parcheggio di fronte a un cancello arrugginito. Uno dei pilastri di cemento ha una nicchia dove la Vergine Maria alta quaranta centimetri mi benedice con la mano destra. È protetta da una grata alla quale è stata legata una sottile rete metallica di quelle che si adoperano per le gabbie dei canarini. Dentro il vano, ai piedi della Madonna c'è un piattino con del latte sul quale galleggiano alcuni grumi nerastri. A terra, fiori secchi e un paio di escrementi di cane: Gadja. Suono il campanello e la porta si apre con uno schiocco. Mai che Gaber si degni di chiedere chi è. A volte penso di essere l'unico amico che lo vada a trovare. Salgo e mi siedo sul divano. Lui è in bagno che si prepara. Si spalma in testa una crema idratante, dice che la pelata lucida piace alle donne. La casa è pulita, molto pulita. Gaber ci tiene. Alle pareti, alcuni quadri astratti aggrediscono il visitatore come l'alito di un mangiatore d'aglio in ascensore. A lui piacciono, si crede un esperto. Mi affaccio alla finestra e mi perdo nel traffico di Gadja. Il Muro mi invita ad ascoltare Janet Moussi e la sua innovativa miscela di pop e musica tradizionale. Poi, virando tutta la città in un rosa confetto un po' sporco, mi consiglia di prestare attenzione alle mie gengive. Conosco Gaber da piú di vent'anni. È arrivato a Gadja quando io ancora facevo il tirocinio. Era timidissimo e io non avevo amici; ci siamo trovati subito. Sotto quel corpo enorme e quel linguaggio da ragazzino in gita scolastica c'era una persona affidabile. Non mi aveva mai fregato sul lavoro e potevo sempre contare su una birra gelata da condividere. Infatti, esce dal bagno e mi offre una lattina dicendomi di fare attenzione a non farla colare sul pavimento. La bevo a piccoli sorsi mentre aspetto che si faccia la barba.

«Com'è l'acqua qui?» chiedo.

«La uso anche al posto del caffè. Dal colore non si capisce la differenza».

«Anche da me. I turisti credono che siamo abbronzati, non sanno che è la doccia di casa».

Gaber non risponde. Sta cantando una canzone che non conosco. Magari è di Janet Moussi.

«Penelope non mi può vedere!» urla dal bagno sovrastando lo scroscio dell'acqua che esce dal lavandino.

«Non è vero» mento, «è che devi smetterla di fare il maschio a tutti i costi, voglio dire le barzellette spinte e quelle cose lí».

«Io, maschio a tutti i costi?» dice lui. «Ma se quando arrivo a casa passo la cera sui pavimenti per non annoiarmi!»

«Ecco» faccio io, «magari diglielo qualche volta. E diglielo come lo stai dicendo a me adesso, non come se fossi Clint Eastwood».

«E chi è Clint Eastwood?» chiede Gaber che è di un'ignoranza spaventosa.

«Voglio dire, non usare frasi come "pulisco ogni

sera la mia cazzo di casa". Insomma, puoi essere gentile. Alle donne piace la gentilezza».

«A tutti piace la gentilezza» dice uscendo dal bagno con un asciugamano attorno al collo.

«Ricordatelo allora, se ci tieni a Penelope» concludo io.

«E tu, ci tieni?»

Quasi mi soffoco con la birra.

«È una brava collega» dico sentendo subito che quelle parole non mi appartengono, che suonano falsissime e che Gaber ci si attaccherà per mesi, cosa che comincia a fare da subito.

«È una brava collega» mi rifà il verso, «un ottimo elemento della polizia muraria».

«Piantala, Gaber» gli dico.

Ma lui martella. «È uno stimato membro della società, con valori inattaccabili e anche un gran bel culo».

«Gaber, piantala o ti rovescio questa cazzo di birra sul tappeto».

«Chi è che parla come Clintísvud?»

## 8.

Nell'abitacolo il caldo incolla i vestiti alla pelle. La macchina di Gaber ha il climatizzatore rotto e l'aria che entra dai finestrini abbassati è una gomma bollente difficile da inalare. Rifletto sul fatto che da noi quasi ogni oggetto è difettoso. Non mi viene in mente nulla in mio possesso che funzioni alla perfezione. Tutto costa poco ed è di qualità scadente.

Una qualità che potrei applicare anche agli esseri umani.

Gaber vuole andare al mare e io sento crescere in me la nausea. Avrei preferito una birra a Kadjouine, nel nostro solito bar, ma stasera lui è di buon umore e vuole vedere bella gente. Arriviamo sulla costa in meno di dieci minuti, seguendo la linea diritta che dal Muro porta alla spiaggia. Uno dei pochi vantaggi di essere della Migra è che puoi parcheggiare dove vuoi, per cui Gaber molla la macchina praticamente sul bagnasciuga. Scende e respira a pieni polmoni l'aria intrisa di salsedine. La sua grassa testa pelata arrossisce mentre appoggia il mazzo di chiavi sul tettuccio e si accende una sigaretta. Io tengo gli occhi fissi a terra. Non avrei dovuto accettare l'invito, ma tra colleghi non si può rifiutare.

«Guarda che spettacolo, Zomer» mi dice.

Alzo lo sguardo e seguo la traiettoria sghemba

delle onde che si sdraiano sulla riva come se fossero stanche di essere liquide. Leccano la sabbia con avidità prima di sparire in un ricamo di spuma. È uno spettacolo, Gaber ha ragione. Io però non lo reggo. Il mare non fa per me.

«Beviamo qualcosa» suggerisco per togliermi da lí.

Lui è sempre d'accordo se si tratta di bere. Ci incamminiamo lungo la passeggiata e il silenzio ci divora in un attimo. Le persone che incrociamo sono bellissime: ragazze snelle, bambini ritagliati da riviste di moda, coppie abbronzate e ben vestite, anziani che ridono dall'alto della loro vita agiata. Io e Gaber, sudati nei nostri camiciotti troppo stretti, con le calze spesse e le scarpe chiuse. Siamo patetici. Per reazione cominciamo a discutere di calcio a voce alta, cercando di dare fastidio, di far vedere che non ce ne frega niente di quella gente ricca e profumata. Una signora si volta e ci rivolge una smorfia di chi ha mangiato la crocchetta di un cane scambiandola per un cioccolatino. Noi ridiamo ancora piú forte per mettere un cerotto sulla disperazione ed entriamo in un bar dove ci si può sedere all'aperto e vedere il tramonto sul mare.

«Domani sera ce ne andiamo a Kadjouine» dico io mentre affondo la lingua in un mojito.

«Devi rilassarti, Zomer» risponde. «Io non capisco questo tuo odio per il mare. Qui è magnifico: hai visto quella ragazza?»

«Potrebbe essere tua figlia».

Gaber ride e mi strizza l'occhio. «E allora?»

Rido anche io. Quando ero piú giovane pensavo che, prima o poi, avrei incontrato una donna come quelle che vedi nelle pubblicità e mi sarei messo con lei. Con il passare del tempo, ho capito che le ragazze per me sarebbero state solo immagini, creature virtuali che vivevano in un mondo parallelo e separato da un muro di vetro, invisibile ma impenetrabile.

«A proposito di figli» dico, «hai mai pensato che potresti avere l'età di tuo padre?»

«In che senso?»

«Immagina tuo padre seduto qui, a parlare di donne, all'età che abbiamo noi».

Gaber lo fa perché vedo che socchiude gli occhi, cosa che avviene solo quando pensa.

«Ti ho mai detto come sono morti i miei?»

Io scuoto la testa.

«Tornavo da una festa a casa di amici. Non era tanto tardi, poco prima di mezzanotte. Parcheggio la macchina e cerco le chiavi di casa. Mi ricordo che ho bestemmiato perché non le trovavo. Erano finite in fondo alla tasca dei pantaloni, ma tra fazzoletto e cazzate varie non riuscivo a prenderle. Ho pensato: "Ho detto una bestemmia e adesso succederà qualcosa di brutto". Volevo chiedere scusa a dio ma mi è sembrata una stupidaggine, sai, una specie di superstizione. Avevo quell'età in cui dio sembra una cretinata da vecchi e cosí non ho pensato a nulla se non a ripescare quella chiave. Alla fine, ho agganciato l'anello con la punta del dito e le ho tirate fuori. Mentre salivo le scale, ancora una volta mi è venuta alla mente la bestemmia e ho fatto finta di niente. Come se dio mi avesse dato ancora un'opportunità, capisci?»

Io annuisco e bevo ancora un po' di mojito.

«Entro in casa» continua Gaber «e trovo tutto buio. Penso che i miei siano andati a letto, allora mi tolgo la giacca e apro il frigo. Prendo la bottiglia dell'acqua e me ne sparo una bella sorsata bevendo a canna. Avevo fumato tantissimo e la gola mi bruciava. È stata la luce del frigo a farmeli vedere. Erano seduti al buio, davanti al televisore, uno a fianco dell'altra come se stessero guardando un programma interessante. Solo che lo schermo era spento. Morti».

«Come morti?»

«Ho pensato a una fuga di gas, ma non c'era nessun odore. Un infarto simultaneo e fulminante mi sembrava impossibile. Solo tre giorni dopo il medico mi disse che nel loro organismo c'era un'enorme quantità di veleno».

Gaber si ferma e mi guarda fisso negli occhi.

«Stai scherzando?»

Lui si mette a ridere.

«Certo che sto scherzando. Sei proprio un fesso, Zomer».

«Ma vaffanculo».

«Mio padre è morto d'infarto tre anni fa» dice Gaber tornando serio. «Mia madre è ancora viva. Da qualche parte. Non la sento da tanto. Non gli sono mai piaciuto».

Beviamo. Ridiamo un po' come due scemi poi beviamo ancora.

«E i tuoi?» chiede Gaber. «Sono ancora vivi?»

Io aspetto un po' troppo prima di rispondere. Se non lo faccio, se rinvio ancora di qualche istante il momento di parlare, tutto crollerà, lo so.

«I miei sono vivi» dico infine affastellando le parole con troppa velocità. «Mia sorella no».

«Era piú piccola?»

«Aveva sei anni».

Gaber si massaggia il testone, a disagio.

«Com'è successo?» chiede.

«Una malattia».

La mente mi trascina a una sera di tanti anni fa. Abitavo ancora con i miei, nel quartiere est di Gadja, ed ero uscito con un amico per andare in discoteca. Lui aveva la macchina nuova e non vedevamo l'ora di mostrarla in giro. Il locale che avevamo scelto era uno di quelli frequentati dai turisti, decisamente troppo esclusivo per due *djinn*. Quando ballavamo, occupando il centro della pista, le persone si tenevano a distanza, formando una specie di anello vuoto tra loro e noi. Abbiamo bevuto qualche birra, carissima, e ci siamo messi a fare gli stupidi per attirare l'attenzione delle ragazze. I nostri scherzi un po' grevi non hanno sortito l'effetto sperato e, a notte fonda, siamo saliti in auto brilli e carichi di quell'euforia disperata di chi finge che non gli importi nulla se torna a casa da solo. Nei pressi di una curva particolarmente stretta, il mio amico ha perso il controllo dell'auto e siamo finiti in un prato. La macchina ha fatto tre giri su sé stessa, poi si è fermata con le ruote all'aria. Non ci siamo fatti niente ma l'auto era completamente distrutta. Mi sono sganciato la cintura e ho provato a uscire dal finestrino, strisciando sull'erba ingiallita. Poco dopo mi sono seduto e lui mi ha raggiunto, aveva un lungo graffio sulla guancia e la giacca strappata. Io ero terrorizzato dalle prevedibili conseguenze ma il mio amico sembrava tranquillo. Ha telefonato ai suoi e poi ci siamo fumati una sigaretta in attesa che ci venissero a prendere. Abituato com'ero alla mia famiglia, pensavo che ci sarebbe stata una scenata con tanto di minacce e proibizioni. Invece, quando è arrivato il padre del mio amico, gli ha buttato le braccia al collo, felice che non si fosse fatto nulla. Lo accarezzava sulla testa e ogni tanto lo stringeva a sé come se non credesse alla propria fortuna. Mi hanno riaccompagnato a casa e sono scivolato in camera mia senza fare rumore. La mattina dopo, per fortuna era domenica e non dovevo andare a scuola, avevo la schiena dolorante e la spalla in fiamme. Non ho detto nulla ai miei e gli ematomi sono spariti dopo qualche giorno, ma non sono mai riuscito a togliermi dalla mente l'espressione di gioia sul volto del padre del mio amico. Ecco com'è sentirsi amati: sapere che qualcuno ti vuole bene, non in cambio di un tuo comportamento irreprensibile, ma solo per il fatto di essere vivo.

Il rumore della risacca riempie il nostro silenzio. Poi arriva una cameriera e il teatro può ricominciare.

# 9.

Lascio Gaber al suo appartamento e ritorno a casa guidando molto piano. Voglio ritardare il piú possibile il momento in cui mi troverò di nuovo da solo nella mia stanza a contemplare il disastro. Le case di Gadja sembrano costruite da un architetto cresciuto in un film espressionista tedesco. Non c'è un muro che sia a bolla, i tetti piatti finiscono con ramificazioni di ferro arrugginito che presuppongono un ulteriore piano mai costruito. I balconi sporgono troppo bassi sulle strade e non c'è giorno che qualche camion non ne agganci uno con il tettuccio sradicandolo. Io ci sono abituato, ma Gadja è l'inferno. I turisti non si fermano qui, vanno a visitare il Muro e poi tornano nelle città costiere. Le guide dicono che da noi bisogna stare attenti nei ristoranti e non bere mai l'acqua se non in bottigliette chiuse perché il visitatore occasionale può avere seri problemi gastrointestinali. Quello che la guida non dice e che anche noi "gente del luogo" evitiamo di bere quella schifezza che esce dalle tubature. Mi infilo sotto le coperte e mi addormento di colpo. Sogno di essere nella cappella di San Giona, a Terim, vicino al settore arancione. Non è una vera e propria chiesa, o meglio, lo era ma adesso è sconsacrata. Risale ai tempi in cui l'Islam era proibito. Gli autobus con i turisti si tengono alla larga perché la gente del posto non vuole vedere europei ficcanaso che scattano foto e parlano ad alta voce. È una costruzione bassa e arrotondata, una mammella bianca che spunta sulla sabbia. La croce svetta sulla cima di una piccola nicchia posta in cima alla costruzione. Quel capezzolo di gesso è avvolto da una decina di stracci colorati. Non ci sono insegne, non c'è neanche la porta. Si entra abbassando la testa perché il vano d'ingresso non consente di stare eretti. All'interno, il fumo delle candele e dell'incenso rende l'aria irrespirabile. Il pavimento è cosparso di foglie di vite lasciate seccare che formano un tappeto soffice e croccante su cui posare i piedi scalzi. Le scarpe vanno lasciate fuori. Una vecchia tunisina tutta rughe si occupa di far rispettare la regola. Io ci sono stato un paio di volte con Penelope. Lei conosce il prete che, una volta all'anno viene comunque a celebrare la messa. La cappella è aperta a tutte le religioni, la gente siede a terra e chiede miracoli alla statua del santo: ognuno ci vede la divinità che vuole. Nel mio sogno, entro nella chiesetta e dentro non c'è nessuno a parte un paio di bambini ammalati che aspettano la guarigione nascosti sotto una tela di sacco. È notte e stanno dormendo; vedo i piedini di uno di loro che si agitano nel sonno. Mi avvicino alla statua di San Giona che ricambia il mio sguardo con i suoi occhi di vetro.

«Ho bisogno di te» gli dico. «Devi darmi l'amore di Penelope, voglio che la mia faccia sia diversa, piú bella. E anche il mio corpo deve essere piú giovane e magro. Voglio che sia gradevole per lei. Desidero che la mia bocca sappia dire parole intelligenti. Voglio essere un altro».

San Giona mi guarda con la sua espressione da bambola idiota. Il viso bianco latte e le labbra dipinte di rosso da un artista scadente sembrano esprimere una pena infinita nei miei confronti. Non dice nulla. Un tuono mi fa voltare verso l'ingresso. Sta per piovere ma i bambini non si sono svegliati.

«Sono disposto a fare qualunque cosa per te. Chiedimi in cambio quello che vuoi».

Il santo tace e mi osserva divertito.

«Vuoi il mio cuore? È questo che desideri?»

Silenzio.

Mi sbottono la camicia e mostro il petto alla statua. Faccio scorrere l'indice nell'incavo delle costole, dove penso sia situato il cuore. Lo sento battere sempre piú forte, premere sulla gabbia toracica e poi trovarsi una strada attraverso il mio corpo. Lo sterno mi si gonfia in modo innaturale e, senza dolore e senza sangue, il cuore mi si deposita tra le mani che tengo a coppa all'altezza dell'ombelico. Lo alzo verso il viso di porcellana della statua.

«Ecco» sussurro, «è tuo. Fai solo un gesto per farmi capire che il nostro patto è sigillato».

Il volto mi fissa senza espressione. Mi accorgo che il mio cuore è di plastica, un'imitazione da quattro soldi fatta per Carnevale. Lo getto a terra e abbraccio la statua di San Giona fino a sradicarla dal suo basamento. Facendo attenzione a non calpestare i bambini, la porto fuori dove la pioggia calda mi sferza il viso. Butto la statua a terra e guardo la vecchia vernice che si scioglie sotto gli scrosci d'acqua. Il rosso delle labbra cola lungo la tunica marrone e i capelli di stoppa si raggrumano in una massa solida e nera.

«Resterai qui» urlo «fino a quando non mi trasformerai! Devi fare il miracolo. È per questo che la gente ti prega. Non puoi rifiutarti».

La statua comincia ad affondare nella sabbia bagnata e in pochi minuti scompare, inghiottita dal deserto. Resta solo una mano che spunta dal suolo come in un ultimo saluto.

«Muovi le dita e io ti tiro fuori» mormoro a me stesso.

Lentamente la mano affonda e io mi sforzo di guardarla con attenzione per cogliere anche il minimo tremito. Quando l'ultima falange sta per svanire, mi sveglio con la bocca secca e la voglia di fare pipí. Guardo l'orologio e mi accorgo che sono di nuovo in ritardo. Ho meno di un'ora di tempo per precipitarmi alle gabbie di vetro e accogliere la carovana di straccioni che anche oggi tenterà di passare il Muro.

# 10.

Le pareti di vetro brillano al sole nonostante la polvere che la calca solleva. Sono il triplo di ieri, forse anche di piú. Non riesco a vederne la fine. È un bene che le gabbie siano sopraelevate. Obbliga i richiedenti ad alzare la testa verso l'alto, come se si rivolgessero a una divinità. Inoltre, i microfoni funzionano male in uscita. Noi sentiamo perfettamente cosa dicono ma a loro le nostre voci arrivano a singhiozzo, una scarica di fruscii e borborigmi. Sono costretti a ripetere piú volte le generalità e non si stupiscono quando fingiamo di perdere la pazienza. Del resto, nulla di quello che accade li sorprende. Arrivano su cammelli spelacchiati, con motorette rumorosissime rabberciate alla meglio, appollaiati su autobus fatiscenti simili a lente carovane. Spesso mi chiedo se sperino davvero di passare o se non sia una specie di processione rituale, affrontata come noi decideremmo di intraprendere un viaggio al santuario di Lourdes.

Verso le dieci succede.

La folla si apre e lascia passare qualcosa che, a prima vista, sembra un elefante dorato. Anche le persone che stanno cercando di mostrarci i documenti si scansano e si coprono la testa con le mani in segno di rispetto. Il pachiderma si avvicina e vediamo che è un catafalco. Su una portantina giallo brillante, sorretta da una ventina di migranti, c'è un corpo sdraiato rivestito di stracci variopinti. Avanza lentamente e io scambio uno sguardo con Penelope che è piú seria e concentrata del solito. La vedo alzarsi in piedi e uscire dalla gabbia, cosa assolutamente proibita. La chiamo con l'auricolare ma non risponde. Cammina a passi lenti verso la processione. I migranti si scansano e non la toccano. Io ho già estratto la pistola e sono pronto a uscire a mia volta per coprirla. Anche Gaber e Loich sono attenti e armati. Penelope arriva vicino al feretro e parla con la gente che sorregge la portantina. Il segnale è molto disturbato e non riesco a capire cosa dice. Sono parole arabe e francesi e mi chiedo quando abbia imparato quelle lingue. Quella donna è misteriosa. Torna alle gabbie e si chiude dentro.

«Cosa ti hanno detto?» provo a chiedere adesso che il segnale è limpido.

«Vogliono far passare la ragazzina. Dicono che è una persona santa e deve riposare in Europa».

«Quale ragazzina?»

«Quella morta».

Un capogiro mi fa aggrappare al bordo della scrivania. Faccio fatica da articolare le parole. Non capisco cosa mi succede.

«Cosa gli hai risposto?» riesco ad articolare.

«Che non passa nessuno» dice Penelope con una voce incrinata che non sembra la sua.

La gente posa il catafalco davanti all'ingresso del Muro. Tutti indietreggiano come se non fossero piú interessati a mostrarci i documenti. Adesso vedo con chiarezza la ragazza morta: è molto piccola, sembra una bambina anche se gli stracci che la vestono cercano di imitare un abito da regina. Ha anche una specie di turbante avvolto attorno al capo. Un uomo magro e scuro, che indossa solo un paio di pantaloni bianchi, si avvicina alla portantina e in un attimo appicca il fuoco. Le fiamme divampano e sembrano quasi solide nel calore del mattino. Nessuno di noi osa fare nulla. Solo quando la pira si spegne completamente usciamo con i cani e sgomberiamo l'area, mentre sul Muro una scritta al neon avverte che oggi la frontiera resterà chiusa.

## 11.

La sera dopo, io e Gaber mostriamo i documenti alla guardia che sblocca i cancelli. Sincronizziamo il chip che abbiamo sotto la pelle del polso appoggiandolo al cruscotto dell'auto: quando si va in terra ostile bisogna essere protetti. Nessun migrante oserebbe mai toccare qualcuno con il chip. Che io sappia, non ci sono mai state aggressioni a pubblici ufficiali a Kadjouine. Conviene a tutti cosí. Il chip serve soprattutto quando fai la ronda di notte. Chi passa il Muro clandestinamente non ha paura di nulla, sa che rischia la vita. Ci avviamo nel deserto con l'aria condizionata al massimo. Mettiamo su un po' di musica ma non troppo forte. Ogni volta, mentre affrontiamo la mezz'ora di strada sconnessa che ci separa dalla città, mi viene voglia di parlare con Gaber prima che comincino le bevute e le cazzate. Allora lascio la musica bassa. Poi la vista del deserto, i cani randagi, le pietraie ci ammutoliscono e va a finire che viaggiamo sempre in silenzio tendendo l'orecchio alla radio che trasmette musica araba.

Io non sono fatto per stare con le persone.

Abbiamo ancora negli occhi il rogo della ragazzina e non riusciamo a parlarne. Quella scena sembra che abbia cambiato qualcosa nell'equilibrio del Muro, anche se non sappiamo cosa. Arriviamo a Kadjouine e ci dirigiamo subito alle Barricate, un bar dove servono alcolici. È un basso caseggiato con il tetto in lamiera ondulata. Sulle pareti imbiancate a calce, un paio di lucertole si affrettano a rientrare nella crepa che le ospita. Seduti a terra vicino all'ingresso, due arabi leggono il futuro lanciando ciottoli arrotondati su una tavoletta di legno deturpata da mille incisioni. Gaber sta fumando e mi indica la luna. È piena e grandissima.

«Che spettacolo» biascica.

Concordo con lui e sento uno dei due arabi che mi tira l'orlo dei pantaloni.

«Non mi interessa» dico senza abbassare lo sguardo.

L'uomo mi strattona la gamba e mi obbliga a dargli retta. Sembra preoccupato. Mi indica la tavoletta dove ha lanciato i suoi ciottoli. Mi sta dicendo qualcosa che riguarda il mio futuro ma io non parlo la sua lingua per cui gli lascio una moneta ed entro nel locale che è mezzo vuoto. Ci sediamo e ordiniamo tè alla menta e birra, come sempre. A un tavolo accanto, ci sono altri tre dei nostri: Silvan, Rossi e Loich. La serata per me è già rovinata. Stare vicino a loro è come andare in campeggio in una discarica. Sono schifosi. Spacciano. Li salutiamo e ci fanno cenno di andare al loro tavolo ma noi preferiamo stare da soli.

Dopo un minuto Silvan si alza e viene a sedersi con noi. Non si chiama realmente cosí. Si è meritato il soprannome – Silvan era un famoso illusionista italiano – per la sua tendenza a sparire nel nulla quando lo cercano. Ha una faccia magra, da faina, sembra sempre che eviti i tuoi occhi, come se ti fissasse un orecchio.

«Ne ho tantissime stavolta» dice in un soffio, «non costano quasi niente».

Anche la sua voce sembra unta. Non so come faccia ma dà l'impressione di sporcare il mondo mentre cammina.

«Quanto» chiede Gaber.

«Dieci euro per cinque».

Sono praticamente regalate. Di fronte a un'occasione del genere non si può essere schizzinosi. Tiro fuori un biglietto da cinquanta e intasco un sacchetto di pastiglie. Ne tengo fuori quattro e ne do due a Gaber, poi le inghiottiamo con la birra mentre Silvan torna al suo tavolo. Tutto cambia improvvisamente in meglio, lo schifo regredisce e la vita torna degna di essere vissuta.

«Ho fatto una figura di merda con Penelope l'altra volta» dice Gaber grattandosi il mento, «con la storia del sogno voglio dire».

«No, per niente, ci ho parlato un po' durante la pausa e mi ha detto, anzi, che era rimasta colpita».

«Era cosí reale» continua lui «quella enorme balena che si voleva inghiottire tutto. Ed era lí da migliaia di anni, capisci, forse milioni. Immaginati una bestia del genere che non ha paura di niente perché è talmente grossa che non ha predatori. Fila alla velocità della luce nel mare e si mangia qualsiasi cosa. Non gliene frega niente degli squali preistorici o di qualsiasi altra cosa; è una regina, capisci?»

Vedo che le pupille di Gaber si stanno dilatando e che il viso gli diventa rosso. Continua a grattarsi il collo.

«Cosa può mai preoccupare una creatura del genere?» continua. «Fila che è una meraviglia, ha tutto il futuro davanti e poi, improvvisamente sente qualcosa sotto la pancia, qualcosa che raschia. Non può guardare giú perché non ha il collo e magari non ha neanche un gran cervello, è solo una macchina di carne grande e grossa che pensa di dominare tutti i mari. Invece qualcosa va storto e si accorge di andare nella direzione sbagliata, ed ecco che si ritrova con il ventre nella sabbia e non riesce piú a tirarsi indietro. Prova a spingere con la coda e non fa altro che incagliarsi di piú. In pochi secondi è bloccata e non c'è piú niente da fare. È già morta, nessuno può venire a tirarla fuori da quella situazione di merda. Magari passeranno dei giorni prima che muoia davvero. I pesci piccoli se ne accorgono e cominciano a mordicchiarla. Pensa che pacchia: un ristorante gratuito ed enorme per chissà quanto tempo. Ecco, io non faccio che chiedermi cosa avrà pensato in quei momenti. "Come ho potuto non accorgermi che stavo filando dritta sulla spiaggia? Come posso uscire dal corpo? Insomma, io sono io, non sono questo ammasso di ossa e carne. Ho capito che ho sbagliato, posso tornare indietro, devo poter tornare indietro". E invece non si può, capisci? È schiava di quel corpaccione gigante che imputridisce a poco a poco e tutti gli altri pesci magari adesso la prendono per il culo».

«Gaber» dico, «che i pesci la prendano per il culo mi sembra eccessivo».

Lui mi zittisce, mi guarda serio con quel suo faccione congestionato e poi scoppia in una grossa risata.

«La roba di Silvan è davvero buona, cazzo».

Ridiamo tutti e due, cominciamo a sorbire la birra a piccoli sorsi. Arriva la cameriera con un piatto pieno di alette di pollo piccanti e un cous cous di verdure. Mangiamo in silenzio; ogni tanto ci guardiamo e scoppiamo a ridere come due ragazzini del liceo.

«Tu credi ai fenomeni extrasensoriali?» dice poi Gaber. «Tipo medium, fantasmi, quelle cose lí».

«In generale, no» rispondo, «secondo me sono tutte stupidaggini. Tranne quando mi capita di guardare un film dell'orrore. Prima non vedo l'ora di gustarmelo e poi mi spavento, non dormo di notte e comincio a sudare freddo. Giuro che non vedrò mai piú niente del genere per tutta la vita. Dopo due o tre giorni mi passa la paura e ritorno scettico, razionale e con tanta voglia di vedere un bel film di vampiri».

«Io da piccolo ho passato un anno intero a cercare di piegare i cucchiaini con la forza del pensiero» dice Gaber. «Lo volevo talmente tanto che alla fine li piegavo a forza e mi convincevo che invece era stata la potenza della mia mente. Mia madre ogni sera doveva rimettere a posto tipo cinque o sei cucchiaini e poi me le suonava».

Ridiamo.

«Ce ne facciamo ancora un paio?» propongo.

«Sí, ma stiamo mangiando troppo poco. Non vorrei che ci venissero le allucinazioni come è successo a Loich quella volta. Poi li vedi davvero i fantasmi».

Ordiniamo due birre e altre alette di pollo.

«Quando ti fai cosí tanto non mangeresti niente, ti si chiude lo stomaco» continua Gaber.

«Mi è successa una cosa qualche giorno fa» dico io che sto ancora pensando al discorso sui medium. «Ero alle gabbie di vetro ma verso il lato est, lavoravo con Díaz e Moretti. A un certo punto arriva una bambina, la solita bambina stracciona che non parla nessuna lingua conosciuta e che ti indica a gesti che vuole passare anche se non ha un documento. Le faccio capire gentilmente che non se ne parla nemmeno e cerco di chiederle dove sono i suoi genitori. Di solito due parole di inglese le parlano tutti, non ce n'è uno che non abbia uno smartphone. Magari non si lavano da tre mesi e non mangiano da due giorni ma sono sempre lí a controllare i loro telefonini del cazzo. Comunque, questa bambina non mi rispondeva. Sembrava muta».

«Ho presente» dice Gaber.

«Invece, dopo un po' lei mi guarda dritto negli occhi e disegna qualcosa nell'aria. E io ho capito cosa voleva».

«In che senso?» chiede.

«Nel senso che ho capito esattamente cosa voleva» dico.

«Voleva passare il Muro, sai che novità» dice Gaber che si sta già un po' annoiando.

«Non voleva passare il Muro».

«E cosa voleva, me lo dici o no?»

«Voleva morire» dico.

«Morire?» fa lui, interessato.

«Sí. Non gliene fregava niente del Muro, sapeva che non sarebbe mai passata e che se anche per miracolo qualcuno l'avesse traghettata dall'altra parte sarebbe finita in qualche centro di rifugiati a fare la fame. Insomma, quella stronzetta sapeva tutto e mi guardava con una dignità, con una fierezza che non ho mai visto prima. Mi ricordava un po' la faccia di Penelope».

«E tu sei sicuro di quello che dici? Non è che eri strafatto? Erano i giorni subito dopo il ramadan?»

Dopo il ramadan ci andiamo giú secchi con le pastiglie.

«No» rispondo, «sono sicuro perché non l'ho immaginato o intuito: ho effettivamente sentito le sue parole. E lei voleva morire».

«E tu cosa hai fatto?»

«Niente. Mica potevo spararle un colpo in testa, no? Non sapevo cosa fare e le ho chiesto scusa».

«Scusa?»

«Sí, so che è una cazzata» dico, «ma non ne ho potuto fare a meno. Mi ha fatto sentire in colpa e sapevo che aveva ragione lei. Non aveva possibilità, era meglio morire subito».

«E lei cosa ha fatto?» chiede.

«Mi ha toccato una spalla con l'aria piú triste del mondo, si è voltata e se ne è andata via».

«Cazzo» dice Gaber che ormai non connette tanto bene. «Mangio un po' di cous cous sennò mi vengono davvero le allucinazioni».

«Quando mi ha toccato la spalla» continuo, «ho sentito di nuovo qualcosa. Ho capito che quella ragazzina parlava di me, di noi, del Muro. Insomma, che tutto non può durare cosí com'è. Mi ha messo una tristezza infinita».

«E la bambina, l'hai piú rivista?» chiede Gaber con la bocca piena.

«No. È tornata indietro, in mezzo alla folla. Mi chiedo se conoscesse qualcuno, se avesse dei genitori, ma sai come vanno le cose, no? Una volta rientrata nel gregge è come se fosse sparita per sempre. Sono tutti uguali. E poi, ieri, arriva quella specie di funerale».

«Pensi che fosse lei?»

«Non lo so. Non lo voglio sapere».

Lui resta in silenzio per un attimo e poi alza il bicchiere e facciamo un brindisi a chissà cosa, forse alla morte. Fuori sentiamo un rumore assordante, qualcuno sta sparando. Usciamo con calma, non abbiamo nessuna intenzione di guastarci la serata lasciandoci coinvolgere in una rissa.

«Che succede?» chiede Gaber alla cameriera che ci supera con un vassoio stracarico di bicchieri tenuto alto sopra la testa in un miracolo di equilibrio.

«Fuochi d'artificio» risponde lei con una faccia da vaffanculo.

Le cameriere non ci sopportano. Solo perché hanno una specie di lavoro si sentono superiori. E ci odiano perché beviamo alcolici.

Quando siamo fuori guardiamo il cielo che è tutto un colore che esplode. Io amo i fuochi d'artificio. Sono una cosa bella e violenta che ti proietta in un mondo migliore dove non ci sono problemi ma solo scintille a cascata giú dal cielo. Qualcuno ha anche avuto l'idea di mettere a tutto volume della musica barocca e il momento diventa perfetto.

«Chiudi la bocca» mi fa Gaber, «o ti ci entrano le zanzare».

Io lo guardo male. Questo stronzo ha già quarantanove anni e non sa cos'è la poesia. Mi fa pena. Quello che non gli ho detto è che la ragazzina che voleva morire, quando se ne è andata ha lasciato sul bancone un libretto spiegazzato. Da allora ce l'ho in tasca. Sembra una leggenda o una parabola religiosa. Non lo so, ma non voglio separarmi da questo libro. È come se portassi con me la bambina.

Finiamo di guardare i fuochi e diciamo alla cameriera di portarci altre due bottiglie di birra. C'è solo una cosa piú bella di guardare i fuochi d'artificio con la musica classica in sottofondo ed è farlo mentre senti la birra fresca che ti scorre nella gola. Agli scoppi finali, Rossi, Loich e Silvan si avvicinano e ci propongono un giro nelle periferie. Io non voglio avere niente a che fare con quelle teste di cazzo. Sono troppo esaltati. Va a finire che ci troviamo a spaventare un gruppo di neri solo per divertirci. Gaber, invece, è talmente fatto che ha voglia di unirsi a loro ma si trattiene per rispetto nei miei confronti.

«Non vogliamo fare niente di male» dice Rossi, «tranquilli, abbiamo una proposta che potrebbe interessarvi».

«Di cosa si tratta?» chiedo.

«Un piccolo commercio che ci può far guadagnare un po' di soldi in piú, giusto magari per comprarci una macchina nuova o per rifare le tubature dell'acqua cosí che non venga piú giú quella merda marrone».

Devo dire che la questione dell'acqua mi fa drizzare le antenne.

«E perché avreste bisogno di noi?»

«Perché abbiamo bisogno di gente seria, che non si sputtana. E voi siete al Muro da tanti anni, la gente si fida».

## 12.

So che è una stupidaggine e che me ne pentirò ma la farò lo stesso perché sono uno stupido. Come quando avevo detto che non avrei mai fatto il guardiano del Muro come mio padre e invece, dopo aver accuratamente evitato la laurea, non sono riuscito a trovare altro che un paio di lavoretti precari: consegna pizze, call center, cose cosí. Alla fine, mentre ero in prova presso una ditta di piegatura lamiere, mi sono fatto scoprire mentre andavo in giro con il furgone della ditta. Mi hanno licenziato con una mail. Sono tornato a casa di mio padre a sentire tutte le sere che ero un fallito e che non avrei mai combinato niente di buono. Alla fine, grazie alle sue conoscenze, mi hanno preso al Muro e sono diventato proprio come lui. Adesso, quando mi guardo allo specchio, vedo il suo naso e le sue orecchie pelose. Avrei voluto essere qualcun altro, uno qualsiasi, ma non ce l'ho fatta. E adesso fingo di riflettere sulla proposta di questi tre stronzi ma so già che accetterò perché mi sembra un'avventura, una cosa diversa, perché sono strafatto e perché non c'è Penelope a salvarmi la vita. Infatti, dopo qualche minuto siamo in macchina con loro. La radio trasmette una melodia araba fatta di flauti assordanti e violini ripetitivi. La cantante ha una voce che commuove. Rossi guida bene nonostante la quantità di roba che si è mandato giú.

«Una volta faceva il pilota» mi spiega Silvan, che noi chiamiamo anche il Chimico per ovvi motivi, girandosi verso di noi dal sedile anteriore con gli occhi che sembrano troppo grossi per restare incastonati nelle orbite. «Quando aveva diciassette anni era una promessa del rally, poi, durante una corsa al Sestriere, ha sbagliato una curva ha tirato sotto due persone, una è morta sul colpo e cosí fine della carriera di pilota. Non ce la faceva piú a guidare. A ogni curva gli sembrava di andare fuori strada e vedeva sempre le facce di terrore di quei due».

«E l'altra?» fa Gaber che è seduto tra me e Loich e sta fumando una cosa dall'odore inequivocabile che gli hanno passato.

«L'altra chi?» fa il Chimico.

«L'altra persona, quella che non è morta».

«È diventata la mia ragazza» dice Rossi senza voltarsi.

«L'hai sposata?» faccio io.

«Ma va'! Ero giovanissimo. Voglio dire che è diventata la mia ragazza» dice lui. «Dopo l'incidente io stavo male come un cane, non mangiavo, non dormivo. Andavo avanti a vasetti di yogurt perché non riuscivo a mandare giú nient'altro. Mi sentivo in colpa anche se, insomma, quei due non dovevano stare lí, in curva, è proibito. Lo sanno tutti ma nessuno si preoccupa. Tutte le volte che c'è un rally si assiepano piú vicini possibile per vedere le macchine, come dei lemming sull'orlo del dirupo. A volte penso che godano di piú nel vedere che sono ancora vivi piuttosto che nel seguire la corsa. Il giorno dopo l'incidente sono andato all'ospedale e l'ho vista. Volevo scusarmi, sapere come stava. Quando me la sono trovata davanti, cosí piccola e pallida, con la gamba in trazione, mi ha fatto tenerezza. Mi veniva voglia di proteggerla, come un cucciolo. Mi ricordo soprattutto il piede, aveva questo piedino bianco e perfetto che spuntava dal tutore, e piú lo guardavo, piú osservavo quelle dita minuscole e indifese, piú mi rendevo conto che l'amavo. Non so come dire: amore a prima vista».

Attraversiamo una zona che non avevo mai visto nelle mie ricognizioni, subito fuori della zona occidentale di Kadjouine. Ai lati della strada vedo diversi fuochi accesi con vecchi copertoni e sagome che entrano ed escono dalla luce delle fiamme come spettri neri diretti chissà dove. Una donna grassa si fa aria con un ventaglio enorme e molliccio come un pipistrello di gomma. Gira lo sguardo verso di noi e i suoi occhi brillano bianchissimi nella notte. La musica dalla radio è assordante e faccio fatica a seguire la conversazione.

«Insomma» continua Rossi, «vado tutti i giorni a trovarla e lei è simpatica anche se fa grandi smorfie perché è sofferente e la gamba le fa un male cane. Però non ce l'ha con me. Mi dice che quello che è morto era davvero uno stronzo. Lei non lo conosceva per niente ma, da quando erano lí a vedere la gara, non aveva fatto altro che incitare tutti ad andare verso la curva, diceva che era una botta di adrenalina e che bisognava provare. Ti vedi arrivare la macchina addosso a tutta velocità e senti il rumore del motore fin dentro le ossa. La parte piú bella, sosteneva quel cretino, e questo me lo diceva lei con una smorfia di dolore, era quando ti rendevi conto che non potevi piú scappare, che l'automobile ti avrebbe preso in pieno se il pilota avesse sbagliato la manovra. Quello era il massimo della fifa, ti vedevi la morte addosso e poi, quando la macchina passava e tu eri ancora vivo, con la pelle accapponata e la voglia di pisciare, ecco, quello era un godimento che neanche fare l'amore poteva avvicinarsi».

Mentre lui parla, un uomo a torso nudo e piedi scalzi attraversa la strada. Rossi è costretto a sterzare bruscamente e a mandarlo affanculo. Il fantasma tira dritto come se fosse sotto incantesimo e non si gira nemmeno a guardarci ma sparisce nel nero dall'altra parte della strada.

«Ma che cazzo c'è da queste parti?» dico io.

«Niente» risponde Loich con la sua voce di basso, «solo deserto». È un tipo grande e grosso, di poche parole. Sembra un cubo di carne solida. «Quel negro è fatto come una campana. Domani lo ritrovano i cani randagi in qualche buca».

«Solo che ho rischiato di prenderlo sotto» dice Rossi.

«Hai ancora dei buoni riflessi» dice Silvan tirando giú il finestrino e sputando fuori qualcosa di grosso.

«Insomma, finisci la storia» dice Gaber riprendendosi dallo stordimento in cui era piombato da qualche minuto.

«C'è poco da dire» riprende Rossi, «salta fuori che questo tipo, quello morto, il seguace dell'adrenalina, era un ex pilota pure bravino. Aveva vinto due o tre gare juniores e ci teneva a farlo sapere a tutti. Quando aveva attaccato bottone con la mia ragazza, che tra parentesi si chiamava Laura, le aveva detto che sarebbe potuto diventare un grande pilota ma era stato sfortunato perché il suo navigatore gli aveva remato contro, un complotto in piena regola, e alla fine se ne era andato con un'altra scuderia lasciandolo al palo. Mentre se la baccagliava a tutto spiano, l'aveva convinta a seguirlo sulla curva dove avevano visto passare alcune vetture. Laura però non si divertiva per niente, anzi, aveva una fifa boia e voleva tornare indietro. Lui però la tratteneva dicendole che era una codarda, che aveva paura della vita e tutte quelle menate che fanno i vecchi alle ragazzine per portarsele a letto. In quel momento arrivo io a tutta velocità e lei fa due o tre passi indietro perché non ha nessuna intenzione di stare lí a rischiare la sua giovane vita assieme a una testa di cazzo che si è fatto fregare da un secondo pilota e adesso passa il tempo a rompere i coglioni agli altri con una storia di mille anni prima. Io sbaglio la curva e *bang*, becco lui in pieno mandandolo a sfracellarsi trenta metri piú a valle contro una staccionata di legno e lei si becca una frustata di pietre e fango che la scaraventa a terra ustionandole il fianco destro, come se un maniaco le avesse strappato il vestito solo da una parte. È caduta male su una roccia e si è rotta la gamba in tre punti: frattura scomposta. Quando sono uscito dall'auto ce l'avevo praticamente sotto la suola delle scarpe. Un passo piú avanti e sarebbe rimasta schiacciata.

«Che culo allucinante» dice Gaber.

«Già, e sai qual è stata l'ultima cosa che le ha detto quello stronzo di ex pilota? Le ha detto: "Secondo me questa mezza sega sbaglia la curva". Cioè, capisci? aveva azzeccato la mia manovra scorretta. Se ne intendeva davvero ed è rimasto lí come un coniglio abbagliato dai fari a farsi ammazzare».

«C'è gente cosí» dice il Chimico, «cioè geniale per una cosa e completamente deficiente per tutto il resto come gli autistici che fanno i calcoli piú assurdi a mente e poi non riescono a leccare un gelato senza ficcarselo in un occhio. Io avevo uno zio che suonava il piano da dio, davvero, volevano addirittura prenderlo a Vienna come concertista ma si pisciava addosso e non riusciva a trattenerla. Come un bambino di dieci anni».

«Dev'essere una cosa di famiglia» dice Loich facendoci ridere tutti.

«Vaffanculo» ribatte il Chimico, ma ride anche lui.

Non c'è niente in questa zona della città, solo capannoni dismessi e case di lamiera e cartone dove i migranti si accampano per la notte. Gaber è di nuovo in coma. La roba in quella sigaretta doveva essere speciale. Rossi ferma l'auto in uno spiazzo illuminato da un riflettore acceso per metà. Sembra uno di quelli che usano i fotografi. Chissà dove l'hanno rubato. Scendiamo e improvvisamente non c'è piú niente da ridere.

«Qua dentro» dice Silvan e noi lo seguiamo. Entriamo in un capannone dalle pareti scrostate dal tempo e dal calore. Sembra completamente vuoto anche se è cosí buio che non riesco a vedere fino in fondo. Per terra ci sono ancora gli aloni piú chiari che indicano dove un tempo erano fissati i macchinari per chissà quale lavorazione. C'è una puzza di piscio e di escrementi che toglie il fiato. Silvan accende una torcia elettrica e ci fa strada. Il fascio di luce illumina le pareti del capannone che sono letteralmente tappezzate di stracci colorati. Sotto quegli stracci ci sono migranti che dormono, stesi direttamente sul pavimento, a piedi nudi e su vecchi cappotti usati come materassi improvvisati. Alcuni ci guardano, sgranando gli occhi ma senza parlare. È una scena che hanno già visto molte volte. Silvan non li considera e cosí fanno Rossi e Loich. Andiamo oltre e finiamo in un corridoio che la torcia del Chimico fa brillare di luce isterica come in un film dell'orrore. Solo che io non sono una ragazzina in sottoveste che ha voluto scendere in cantina perché sentiva dei rumori strani. Io qui non ci sarei proprio dovuto venire e neanche quel coglione di Gaber che invece sento ridacchiare alle mie spalle. Saliamo una rampa di scale e arriviamo al piano superiore dove si aprono una serie di stanze che un tempo erano uffici. Gli ultimi due in fondo sono illuminati. Mentre ci avviciniamo, il Chimico butta la luce della sua torcia in uno degli uffici al buio e intravedo un paio di neri buttati a terra, legati mani e piedi. Sento che dovrei andare in bagno. Subito. Arriviamo nel primo degli uffici illuminati. Ci sono delle sedie scompagnate e un tavolo di formica che imita le venature del legno, quella roba che andava di moda quando tutti volevano essere dei norvegesi. Ci sediamo e Rossi e Loich ci guardano con l'aria del gatto che ha in bocca il canarino.

«Mai sentito parlare degli zombie?» chiede Silvan con un sorrisetto fastidioso. «Stasera ve li faccio conoscere. È gente che è venuta qui per passare il Muro, come tutti, ma di farsi una vita da noi adesso non gliene frega proprio piú un cazzo di niente. Sapete cosa vogliono?»

Silvan mette una mano in tasca e tira fuori una pastiglia bianca, enorme.

«Queste. Si chiamano Moby Dick: roba fortissima, appena uscita sul mercato, e a noi costa quasi niente. Danno dipendenza immediata. Te ne fai un paio e finisce che vuoi solo startene seduto in mezzo al tuo piscio ad aspettare di inghiottirne un'altra e poi un'altra e cosí via. Dimentichi il Muro, dimentichi i documenti, non ti interessa piú fare casino.

Ora, come potete immaginare, è roba illegale ma, visti gli effetti collaterali che vi ho appena illustrato, diciamo che i governi europei non si interessano piú di tanto all'uso che se ne fa. A noi costa pochissimo, come vi dicevo. A loro, agli zombie, applichiamo un piccolo sovrapprezzo che costituisce il nostro guadagno. Che ve ne pare?»

Io e Gaber ci guardiamo.

«Che effetto fa questa roba?» chiedo.

«È qualcosa che non puoi neanche immaginare» dice Silvan. «Ti fa scegliere un momento della vita, un episodio del passato, quello che vuoi. Lo vivi come se fosse reale. Cosí mi ha detto Momo. Pensa che roba: torni a quando non ti sei fatto quella compagna di classe che ti faceva impazzire, solo che stavolta puoi riprovarci, far andare le cose nel verso giusto».

«Sembra fantastico».

«Lo è. Puoi crederci. Solo che la tua realtà immaginaria si ferma sempre un attimo prima di realizzare il tuo desiderio e cosí devi prendere un'altra Moby Dick per vedere se, riprovando, riuscirai a fare meglio. La dipendenza è totale e immediata. Ne basta una. Solo un disperato si farebbe con questa roba. La regola base è che noi non dobbiamo toccarla o finiamo come loro, chiusi in un capannone a rivivere all'infinito un momento della nostra vita di merda».

«Cosa dovremmo fare di preciso?» chiede Gaber che pensa ai soldi.

«Il Chimico qui» dice Rossi indicando Silvan, «è un po' troppo conosciuto. Cioè, si chiama il Chimico, non ci vuole una scienza a capire qual è il suo ramo, no? E noi siamo suoi amici, quindi...»

«Quindi ci lasciano fare fin quando non diamo

fastidio» chiarisce Silvan, «finché restiamo piccoli. Qui tutto appartiene a Momo Madjer, come sapete. Questa cosa degli zombie però può diventare grossa, si può guadagnare bene. Ci si può sistemare; basta essere discreti».

«E allora» interviene Loich per non sembrare lo scemo della compagnia, «abbiamo bisogno di qualcuno che faccia le consegne per noi. Qualcuno che Momo non conosce. Noi vi diamo la roba e voi la portate qui agli zombie. Noi ci prendiamo il settantacinque per cento e voi il resto».

«E quanto sarebbe il resto?» chiede Gaber.

«Abbastanza per farci su una bella pensione anticipata».

«Tipo quanto?»

«Cinquemila euro a consegna andrebbero bene? Una consegna alla settimana: ventimila euro al mese».

Io e Gaber ci guardiamo: sono tanti soldi. Tanti davvero.

«E se Momo lo viene a sapere?» chiedo.

Domanda del cazzo.

«Pensateci su» dice Silvan. «Se non vi va, nessun problema. Solo, credevamo fosse corretto cominciare a proporre l'affare a chi era già nostro affezionato cliente. Se voi non volete, ne troviamo altri. Amici come prima».

«Fateci vedere come funziona la cosa» dice Gaber.

«Innanzi tutto, prendiamoci un paio di queste» dice il Chimico e ci fa scivolare in mano una pillola dorata. «Golden Slumbers» dice sorridendo, «la droga sicura delle guardie murarie».

Inghiottiamo e subito tutto acquista senso: essere lí, spacciare. Le domande si affievoliscono nel cervello come gattini nella cesta. Usciamo all'aperto, alla luce del riflettore mezzo scassato e vedo una folla enorme di occhi dilatati su pelli scure che si confondono con la notte. Sono tantissimi, tutti in fila, come quando arrivano con i loro ridicoli documenti di carta straccia per passare il Muro. Se volessero potrebbero ucciderci con facilità e prendersi tutta la droga ma non lo faranno. Sanno che ne vorranno ancora. Noi siamo bianchi e loro sono i nostri sudditi, mezzi uomini e mezzi animali. Hanno corpi agili, muscoli sottili, ma non sono davvero uomini. Sono bocche e vene affamate. Arrivano con la loro sudicia ciotola e noi gliela riempiamo. Loich comincia a distribuire la droga mentre Rossi e Silvan giocherellano con il taser, giusto per ricordare a tutti che noi siamo la legge e comandiamo. Mi sento davvero a posto, sono nel mio ambiente e voglio bene a quegli stronzi dei miei colleghi. La roba dorata che mi ha dato il Chimico vale come il metallo di cui ha il colore. L'unica cosa che mi manca per essere completamente felice e avere Penelope tra le braccia.

Ogni tre o quattro zombie, Loich passa una mazzetta di banconote a Rossi che le ficca in un sacchetto di stoffa. Gaber mi fa l'occhiolino e vedo che ha una faccia spaventosa, è tutto rosso, sembra stia per scoppiare e ha un sorriso storto stampato sulla bocca, come uno squalo che ha digerito male. Gli zombie sono tantissimi, la fila sembra non terminare mai. Appena presa la droga, si sbattono in un angolo e stanno lí, inebetiti e felici, in mezzo alla puzza di piscio e alle loro coperte sporche. Mi chiedo come si possa vivere in quel modo, senza dignità. Mi verrebbe quasi voglia di tirare fuori la pistola e cominciare a sparare. Farli fuori una volta per tutte, eliminarli dal mondo, non dover piú vedere ogni giorno la fetida fila di questi stronzi che non sono neanche in grado di lavarsi la faccia. Tornare a come era una volta, come mi raccontava mio padre, quando in Italia non vedevi un nero in giro manco a pagarlo. Il Chimico scatta in avanti e ne fulmina uno con il taser. L'uomo si accascia a terra e sviene. Silvan lo prende a calci e gli fa sanguinare la testa. Poi dice a qualcuno tra la folla di occhi bianchi di portarlo via o finisce la distribuzione. Il corpo svanisce come se un prestigiatore tossico avesse detto abracadabra. Tutto riprende come prima, solo che io sono sceso di brutto dal monte dorato della Golden Slumbers e adesso vedo quattro deficienti drogati fino al collo che stanno malmenando a casaccio dei relitti umani che si reggono a stento in piedi. Non si ribellano, sanno che tutto è in mano al caso. Possono vivere o morire e non dipende da loro. Dipende dagli dèi bianchi che manovrano il taser e possono dispensare la droga.

Improvvisamente, la distribuzione finisce. C'è ancora una fila lunghissima in attesa ma non ci sono piú pillole. «Domani, domani» dice il Chimico. Alcuni protestano debolmente, altri piangono senza far rumore. I piú forti, o i piú disperati, si accapigliano con quelli che non hanno avuto la prontezza di spirito di sparire nel buio dopo avere ritirato la dose. Noi ce ne freghiamo e siamo già in macchina. A me viene da vomitare mentre Gaber ride come un cretino. A lui è piaciuto lo spettacolo. Loich ci fa dare un'occhiata nel sacchetto di stoffa. Non ho mai visto tanti soldi tutti assieme.

«Visto?» dice. «Non ci vuole un cazzo. Quanto ci abbiamo messo? Mezz'ora? Neanche, e guarda che risultato».

«Sí» dice Rossi, «ma ce ne vogliono di piú. Almeno quattro volte tanto. Hai visto che razza di fila c'era? Se va avanti cosí, non basterà mostrare il taser la prossima volta».

«Ma se non si reggono in piedi» dice Loich. «Se la fanno sotto all'idea di non poter piú avere la roba. Se qualcuno osasse alzare le mani, gli altri lo farebbero a pezzi».

«E se lo dicono a Momo?» chiedo.

Nessuno mi risponde.

«Quanta ne puoi procurare, Chimico?» dice Gaber che sembra essere tornato tra noi e mi batte una mano sudata sulla spalla. «Puoi averne quattro volte tanto?»

«È difficile» dice Silvan, «ma si può fare. Mi sembra che la cosa ti interessi, o sbaglio?»

Gaber ride.

«Cazzo se ci interessa. Ci interessa tantissimo».

«Tu cosa dici, Zomer?» mi fa Loich.

«Non lo so» dico cercando di reprimere i conati. «Sono tanti soldi».

«Sí» dice Gaber, «sono tanti cazzo di soldi».

Arriviamo al bar di Kadjouine che sono già le undici e mezzo. Gli uomini che divinano il futuro sono scomparsi.

«Il tempo per un'altra birra ce l'abbiamo» dice il Chimico. «Per suggellare la santa alleanza».

Entriamo e ci stringiamo in un tavolino da quattro mentre arrivano i boccali di birra senza che nessuno li abbia ordinati.

«E anche la tequila» dice Rossi urlando dietro alla cameriera.

«Allora» dice Silvan, «se ci state, si comincia dalla settimana prossima. Pensateci su, niente fretta. Il vostro lavoro sarà fare quello che abbiamo fatto noi questa sera, le percentuali le conoscete già. Facciamo un mese a testa, prima Gaber e poi tu, Zomer, in modo che non sembri sospetto. Magari facciamo entrare anche qualcun altro. Sempre con calma. I soldi non scappano. Se siamo furbi e non facciamo cazzate, in un paio d'anni avremo piú soldi di un calciatore di serie A. E ce ne andiamo in qualche bel posto a spendere tutto. Non male come idea, no?»

Annuiamo stancamente e Silvan si rende conto che siamo scesi dalla droga troppo rapidamente. In questo momento tutto ci sembra grigio e noioso. Siamo indecisi. Non sappiamo neanche se vogliamo andare a letto o stare svegli tutta la notte. Probabilmente, sceglieremmo di restare seduti fino al mattino valutando con ansia se sia il caso di alzarci oppure no.

«C'è bisogno di un rabbocco» dice il Chimico tirando fuori dalla tasca due pastiglie blu come il cielo di notte. Le inghiottiamo con la tequila e tutto va di nuovo nel verso giusto. Ci salutiamo e io e Gaber torniamo verso casa senza parlare. Quando passiamo i controlli del Muro, i colleghi ci osservano ridendo. Si vede che siamo fatti senza ritegno.

«Guidate piano» ci fa uno imitando una voce femminile che dovrebbe essere quella della mamma. Lascio Gaber sotto casa sua. Prima di scendere, mi guarda e mi dice: «Tu ci starai?»

«Non lo so» dico.

Ed è vero. Sono stufo di decidere la mia vita in base a quello che mi scorre nelle vene. Una voce interiore molto forte mi dice che tutta questa storia è una cazzata di dimensioni epocali e che non c'è verso che possa andare a finire bene.

«Hai notato che non c'erano donne?»

«In che senso?» dice Gaber.

«Nella fila per prendersi la dose stasera c'erano solo uomini. Dove sono le donne?»

«E che ne so? Forse le donne non si fanno o forse gli uomini si vogliono tenere la roba tutta per loro. Che ne so?».

«Niente» dico, «era cosí tanto per parlare. Ci vediamo domani».

«Ok, notte» dice Gaber mentre scende. «Io penso che ci starò» aggiunge.

Annuisco. Lo sapevo già. Un'altra cosa mi passa per la mente mentre torno a casa. Dove trovano i soldi per la droga se non possiedono nulla? I migranti utilizzano tutto quello che hanno per attraversare il deserto, non hanno mai niente quando arrivano al Muro, ma i soldi per la roba da qualche parte saltano fuori. Non posso certo ragionare correttamente con tutto quello che mi circola in corpo per cui decido di andarmene a letto. Mi spoglio, mi lavo i denti e l'acqua è di nuovo marrone. Devo aspettare cinque minuti prima che raggiunga una tonalità che mi consenta di sciacquare la bocca senza vomitare. Se accetto la proposta di Silvan, la prima cosa che faccio è sostituire queste tubature.

## 13.

Sono talmente irritato che non ho piú voglia di dormire. Domani mi aspetta il turno di notte, quindi al mattino posso riposare. Accendo il computer e vado sul mio sito porno. Mi sono portato alla scrivania un bicchiere di succo di pomodoro e il pacchetto di sigarette. Inserisco i miei dati ed entro cliccando su *Larkin67,* il mio ridicolo nickname. Arriva immediatamente una fantastica ragazzina di ventidue, ventitré anni con il viso di Penelope. Ci ho messo un paio di settimane per renderla perfetta. Ho anche scannerizzato la foto sul suo tesserino e il risultato è abbastanza soddisfacente. È vestita come una diva del cinema anni Trenta, con gonna e veletta, ma stanotte non mi va. Sul menu seleziono *Casa nella prateria* e la ragazza istantaneamente ha un vestitino a quadretti bianchi e azzurri e sta impastando una torta di mele. Dalla finestra alle sue spalle nella sua linda casetta fatta di tronchi, si vedono una vallata verde e un piccolo scoiattolo che fa capolino dalle tendine rosa. «Vuoi che ti faccia un pompino?» dice la ragazza alzando il viso dalla torta. Clicco di nuovo sul menu. Devo riuscire a modificare la sua voce, non assomiglia per niente a quella di Penelope. Dovrei avere piú soldi e un software migliore. Clicco su *Liceali inglesi* ed ecco che, sullo sfondo di un magnifico castello che evidentemente è un collegio per ricche fanciulle, Penelope in divisa blu e gonnellino mi manda dei baci e mi invita a seguirla in un boschetto adiacente. Non resisto piú e do il play all'avventura. Cinque minuti dopo mi sto pulendo con una salvietta di carta e lascio Penelope col sedere per aria nello schermo in pausa del computer. Se solo avessi un po' di soldi in piú. Pensa poter avere una Penelope uguale a quella vera. Potrei passare con lei tutte le notti senza rischiare di avere problemi di connessione o di sentire una voce che è piú simile a quella della cassiera del supermercato con la laringite che a quella dolce e grave di lei. Rifletto che non mi passa quasi mai per la mente di poter invitare a cena la vera Penelope. È perché la ritengo al di sopra delle mie possibilità. Non saprei davvero cosa dirle. Sono talmente abituato a stare da solo che non so neanche se i miei argomenti preferiti possano interessare a una donna. Finirei per parlare di lavoro e non sarei divertente. La serata finirebbe prima del previsto e non ce ne sarebbe un'altra. E poi, a forza di scoparla tutte le notti al computer, mi vergogno quasi a guardarla in faccia, ho paura che mi legga dentro tutto quello che mi passa per la mente. Penelope resterà solo un sogno per me, lo so.

## 14.

Metto su il caffè usando l'acqua della bottiglia che ho in frigo perché non mi fido della roba beige che esce dal lavandino. Nemmeno se la faccio bollire. Se penso a quelli che vogliono passare il Muro e si aspettano che l'Europa sia una specie di Eden, mi viene da ridere. Non riesco neanche a farmi un caffè decente. Lo sorseggio mentre vado a letto. Accendo la tv e mi guardo un documentario su Auden: mi piace la poesia e non me ne vergogno. Il caffè ha un effetto rilassante sul mio metabolismo, non mi ha mai impedito di dormire. Mi gusto il documentario e mi addormento con la musica della poesia inglese nelle orecchie. Alle sei apro gli occhi, non riesco mai a dormire piú di quattro ore, e l'acqua è limpida. Non c'è niente di piú bello dell'acqua pulita. Potrei restare per sempre a guardarla scendere dal rubinetto. Quando ero bambino i miei genitori una volta mi hanno portato in montagna. Ne conservo un pessimo ricordo: freddo, fatica e vista deprimente su vette spelacchiate, ma non ho mai dimenticato quando, dietro una curva del sentiero, è apparso un torrente con l'acqua spumeggiante che saltava sui massi come fosse elastica. Ero incantato e non volevo piú allontanarmi da quel posto magico. Neanche a dirlo, mio padre ha deciso che la scarpinata doveva riprendere subito e, in un attimo, l'immagine del ruscello è scomparsa dalla nostra vista ma non dalla mia memoria dove ritorna sempre vivida come se non fosse passato piú di qualche minuto da quando ho immerso la mano nella corrente gelata. In quella gita c'era anche mia sorella Nina e mi ricordo che ci schizzavamo l'acqua addosso fra mille risate. Il ricordo mi fa male alla pancia, devo annullarlo. Ho imparato a farlo con una certa bravura nel corso degli anni. Sono riuscito a diventare un troglodita insensibile grazie a un'applicazione costante e a una volontà di ferro.

Non è semplice abbrutirsi se ti sei quasi laureato sulla poesia di Rilke.

Mi sciacquo la faccia e butto l'occhio al computer dove una con la faccia di Penelope cerca il mio sguardo. Me lo sono dimenticato acceso. Lo chiudo, disgustato da me stesso. Devo decidermi a cancellare quell'account e a rimuovere quel surrogato di Penelope ma so già che non lo farò. Anzi, tra qualche notte tornerò con piú voglia di prima al mio surrogato di donna e la vorrò vedere con il kimono da geisha o vestita da infermiera. Mancano ancora molte ore prima di sera e non so mai come riempire il tempo, dovrei pulire l'appartamento o portare l'auto dal meccanico perché i freni fischiano appena tocco il pedale ma non ne ho voglia. Mi sdraio di nuovo sul letto e accendo la tv. Danno un vecchio film in bianco e nero dove c'è un dottore pazzo che trasforma gli animali in uomini. È ambientato in un'isola misteriosa e gli ibridi uomo-bestia si muovono e parlano proprio come i migranti zombie che ho visto ieri sera. Il film è bello e decido di guardarlo. Mi prende un accesso di tosse e gli occhi mi lacrimano, forse ho preso freddo nella notte. Gaber dice che è crisi di astinenza ma lui che cosa ne sa? Frugo nella tasca dei pantaloni della divisa e mi finiscono in mano una serie di pillole enormi. Sembrano dei dirigibili in miniatura: un regalo inatteso di Silvan. Devono essere le famose Moby Dick, e ora capisco perché si chiamano cosí. Moby Dick, la grande, cazzutissima, balena bianca, padrona dei destini degli uomini e delle bestie. Un'entità grande e grossa, senza paura, pari agli dèi, né buona né cattiva. Una cosa solida, grassa, che fa storia a sé e non deve rendere conto a nessuno. C'è e basta. Ti devi adeguare. Ecco cos'è Moby Dick e io so già che occuperò questi giorni prima del ramadan a indagarne i segreti, sdraiato sul mio letto, lasciando che le piante avvizziscano sul davanzale, che il telefono squilli a vuoto e che i piatti nel lavello comincino a puzzare di cadavere. Solo i disperati se le fanno? E io che cosa sono? E poi l'acqua è pulita, pura come dalla fonte degli dèi. Se questo non è un segno… Riempio un bicchiere e soppeso la pastiglia sul palmo della mano come Alice prima di rimpicciolire e andarsi a cacciare nel paese delle meraviglie. Un bel respiro e inghiotto il cetaceo. Mi sdraio sul letto, bello comodo in mutande e prendo le poesie di Trakl. Io vado pazzo per le poesie, le imparo a memoria. So che sembra una cosa da intellettuali o una moda per sembrare chissà chi, ma a me piace cosí. E all'improvviso parte questa cosa meravigliosa. Sto bene, davvero bene, non credo di essere mai stato meglio e penso che in fondo potrei anche piacere a Penelope. Perché no? Abbiamo tante cose in comune e io mi sento cosí pieno d'amore, cosí incredibilmente innamorato della vita che sento di poter amare per tutti e due, anzi per tutta l'umanità. Tutto quello che devo fare è rimanere sdraiato e lasciare che le cose vadano a posto da sole. È davvero cosí semplice che mi chiedo come mai non ci abbia pensato prima. Alzo un dito e mi sembra di poter toccare il bicchiere che ho lasciato sul lavello. Potrei realmente spostarlo con la sola forza della mente ma non lo voglio fare. Intendo dire che rispetto il fatto che il bicchiere voglia essere lí, rilassato sul mio lavandino lercio. Anche lui è una cosa del mondo e io lo amo e non lo voglio spostare come una specie di Uri Geller in mutande e canottiera. Voglio che viva la sua piccola, meravigliosa vita di bicchiere da quattro soldi. Chi sono io per giudicare quella ciotola di vetro fatta in serie? Guardo fuori dalla finestra e vedo un filo di nuvole che probabilmente ho creato io perché sono bellissime, piccole e perfette come i seni di Penelope alla quale stasera chiederò di diventare mia moglie. Potremmo vivere qui, questa casa è cosí bella. Non mi ero mai accorto di come il mio appartamento fosse straordinario. Quando entri, sei accolto da uno zerbino a forma di losanga che dice *benvenuti nel club* e ti mette subito di buon umore. Poi ho una bellissima sveglia a forma di testa di cane e quel bastardino ha un'espressione cosí tenera che mi viene quasi da piangere se la guardo un po' a lungo. Deve averla fatta un artista di livello internazionale perché non credo di aver mai visto un cane cosí espressivo. Se penso che l'ho pagata cinque euro mi vergogno. Devo tornare al supermercato e obbligare la commessa a prendere altri soldi, almeno cinquanta o cento euro perché quella sveglia li vale tutti. Forse potrei chiamare il direttore, non mi fido della commessa, perché voglio che i soldi vadano all'artista. Chissà con quanta passione ha realizzato il modello. Si sarà ispirato a un vero cane, al suo pastore tedesco? Di sicuro, non può aver avuto un'idea astratta, questo non è un animale immaginario, idealizzato, questo è un cane amato, uno di quelli che vuoi portare con te nella tomba come quelli che si fanno costruire un loculo piú piccolo accanto al proprio per non restare senza cane nemmeno nell'aldilà. Insomma, credo che Penelope si troverà bene qui, è proprio un appartamento adatto a una coppia: ho una bella tv e degli asciugamani con scritto *lui* e *lei*. Naturalmente io uso solo quelli con la scritta *lui* ma gli altri sono puliti e pronti per un'occasione come questa. La vita, insomma, va proprio alla grande e mi sento un po' stupido per non averci pensato prima. Penso che dormirò ancora un pochino, solo un paio d'ore perché stanotte sono di turno ed è pericoloso arrivare stanchi. Non credo però che ci saranno problemi, ho la sensazione netta che nessuno tenterà di passare il Muro perché anche i migranti e quegli zombie del cazzo sanno che questa è la serata mia e di Penelope. Ci tengono a vederci felici. Ho aspettato anche troppo per dirle quello che ho nel cuore. Tutte le poesie imparate a memoria solo per lei, per avere delle parole da dire nei momenti importanti. Parole belle, che vadano bene per una donna che ha sofferto come lei. Sento che sta arrivando una sonnolenza dolcissima e irresistibile alla quale voglio proprio abbandonarmi. Mi passa per la mente ancora una volta una serie di domande sgradevoli ma sento che è come la coda nera di un serpente che sta già uscendo dalla porta. Come mai non c'erano donne tra gli zombie ieri sera? Dove trovano i soldi per la droga quei morti di fame che vivono nel loro stesso piscio? Mi addormento di schianto, come un bambino nel ventre di una balena. Non so se dormo davvero. L'effetto della pillola è molto strano: posso scegliere tra i vari sogni come se stessi sfogliando dei dischi in vinile. Sono dentro ma anche fuori, è una sensazione che non avevo mai provato prima se non da bambino quando mi capitava di accorgermi nel sogno di poter volare. Ricordo che dicevo a me stesso: *Lo sai che hai sempre potuto volare. Non capisco come tu abbia potuto dimenticartelo. Basta sollevare una mano, vedi, e i piedi si staccano dal suolo.* Lo facevo e succedeva proprio cosí. Era fantastico direzionare il volo a mio piacimento ed era cosí semplice. Se ripensavo a tutti i giorni, gli anni che avevo trascorso trascinandomi dietro il mio corpo pesante, mi veniva da piangere. E adesso accade qualcosa di simile. So che sono nel mio letto e che sto sognando, o qualcosa che ci assomiglia, ma allo stesso tempo sono dentro, totalmente dentro alla mia fantasia. Una possibilità mi sembra piú attraente delle altre, è una situazione che ho già visto da qualche parte ma non ricordo dove. La scelgo senza sforzo e mi ritrovo sul Muro, vicino al settore quattro assieme a Gaber.

«Te l'avevo detto che c'era» mi dice, «e tu che non ci credevi».

Fa un caldo pazzesco e sento il sudore che mi cola lungo la schiena. Gaber mi fa camminare su quelle che sembrano macerie.

«Abbiamo dovuto tirare giú un pezzo di Muro per non danneggiarla. Vieni, devi assolutamente vederla».

Mi porta verso un'impalcatura altissima coperta da teloni scuri che ondeggiano sotto le folate di un vento bollente che però a me non arriva. Altre persone si muovono attorno all'impalcatura. Hanno una tuta bianca e mascherine sui volti. Tra loro c'è anche Romano che mi saluta con un cenno del capo. Gaber solleva un telone e mi fa cenno di seguirlo. Quando entro resto a bocca aperta. Non ho mai visto niente di simile: uno scheletro immenso, alto come un palazzo, biancheggia proprio nel mezzo del Muro. È una specie di balena gigante, un mostro preistorico, una super Moby Dick adagiata sulla sabbia con la testa rivolta verso il mare.

«È bellissima, vero?» mi dice Gaber. «Hai visto? Alla fine è anche riuscita a girarsi. Se avesse avuto piú tempo o se le maree fossero state diverse, ce l'avrebbe fatta a tornare in acqua.

Io non riesco a parlare, resto a guardare i resti di quell'enorme cetaceo piantato in mezzo al deserto come una cattedrale d'osso. Mi frugo nelle tasche e ne estraggo una manciata di grosse pillole bianche. Le mostro a Gaber.

«Le hai anche tu, adesso, eh?» dice. «Silvan mi aveva detto che prima o poi te le avrebbe fatte provare. Ti svelo un segreto: sono fatte con la polvere di queste ossa. Non dirlo a nessuno, mi raccomando».

Stringo le pastiglie nel pugno e torno in quella strana fase di pre-sogno nella quale posso selezionare una realtà a piacimento, un qualunque momento del passato da rivivere. So cosa voglio con tutto me stesso. La possibilità brilla di fronte a me come un disco bruciante; devo solo dire di sí, accettare che tutta la mia vita sia condensata in un istante di anni fa. Se solo potessi modificarlo tutto sarebbe perfetto. Ed eccomi al mare con i miei genitori; non è una fantasia, è vero. Quella che sono abituato a chiamare realtà non ha la stessa credibilità e consistenza di questo sogno. È tutto reale. Sono in riva al mare, in Italia, e sto urlando. L'angoscia mi stringe il petto come un guanto bagnato. Arrivano le persone, sono tutti adulti e preoccupati. Io ho undici anni e indico il mare, una distesa piena di gente ma con un vuoto gigantesco nel mezzo. Gli adulti mi rincuorano, mi sorridono. Ancora un istante e la vedrò, quella stupidina tutta bagnata e sorridente. Ancora solo un secondo, il tempo di girare la testa. L'effetto finisce all'improvviso e mi sveglio in questa realtà squallida. Attorno a me le pareti della mia stanza e, fuori, Gadja. Se solo avessi il tempo di prendere un'altra Moby Dick e tornare nell'unico punto del tempo e dello spazio che mi riguarda forse potrei cominciare a vivere.

## 15.

È tardi, devo prepararmi per il turno di notte. Vado sul balcone e respiro l'aria calda della sera. All'orizzonte vedo il Muro settentrionale, oltre quello c'è il mare con i suoi resort di lusso e i turisti in ogni mese dell'anno. Io non ci vado mai. Mi sentirei a disagio e poi odio il mare, tutta quell'acqua mi fa venire la nausea. Adesso la costa nord di gran parte dell'Algeria, della Libia e della Tunisia è a tutti gli effetti Europa. Noi del Muro però, anche se non siamo nati qui, siamo guardati con un po' di disprezzo quando andiamo nel continente, come se fossimo alla fin fine degli africani ripuliti. Siamo *djinn.* Un tedesco o un francese non ci considererà mai davvero un suo pari. Lassú non hanno proprio idea di cosa accade qui da noi. Sanno che è grazie al nostro lavoro che possono vivere tranquilli ma preferiscono non avere il minimo contatto con quello che c'è oltre il Mediterraneo. Ricordano fin troppo bene il periodo degli attentati, i centosettanta morti del mercato di Parigi o quelli della metropolitana di Monaco. Sono passati molti anni, ma la sensazione che l'Europa potesse davvero finire da un giorno all'altro li ha cosí terrorizzati che hanno avallato la costruzione del Muro in tempi brevissimi. Si è trattato di sopravvivenza, nulla di piú e nulla di meno. O noi, o loro. Posso anche capire che non vogliano guardare troppo da vicino le modalità con cui abbiamo salvato la nostra civiltà. Ma io sono qui tutti i giorni e so che non è ancora finita. Non si può abbassare la guardia. Loro sono sempre lí, numerosissimi, sembra che ne nascano ogni giorno migliaia di nuovi che premono per entrare, come dei virus in un organismo sano. Non sanno neanche perché, vogliono solo essere come noi, qualsiasi cosa significhi. Accendo il computer e faccio un giro sul mio programma di fitness. Giusto un minimo di allenamento. Il tempo di imparare a memoria qualche verso di Trakl: c'è sempre qualche riferimento al blu o all'azzurro e questo mi piace. Trakl era un tipo strano: innamorato di sua sorella, medico, drogato, suicida. Una volta, durante la guerra si era trovato a dover curare novanta feriti gravi senza medicine né aiutanti. Fuori dall'ospedale improvvisato, penzolavano i cadaveri dei nemici impiccati. Questo forse non spiega molto di Trakl ma dice tantissimo sugli esseri umani. Non esistono i bei tempi andati. Alcuni se la sono passata bene, per la maggior parte degli altri è stato un inferno.

Io adoro la poesia ma non sono un caso isolato. Molti, qui a Gadja, amano l'opera lirica e tantissimi suonano uno strumento. Gaber colleziona quadri orribili. L'anno scorso, alla mostra di Antonello da Messina, la coda era lunga quasi un chilometro. Nel continente ci prendono in giro per il nostro fanatismo nei confronti dell'arte. Forse hanno ragione, ci sentiamo inferiori, dobbiamo a tutti i costi far vedere che non siamo africani ma europei. Io credo che sia una questione di orgoglio. Siamo i migliori, non ci vergogniamo dei nostri poeti e della nostra arte. Io voglio imparare il maggior numero possibile di poesie a memoria. Un giorno, quando metterò da parte abbastanza soldi, andrò a fare una lunga vacanza in Italia: Firenze, Roma, Venezia. Mi piacerebbe portarci Penelope, ma questo è davvero un sogno. Mi faccio una doccia veloce e mi profumo: stasera sono in auto con lei. Speriamo che non succeda niente. So che è abituata a tutto, non è la prima volta che va a fare la ronda notturna, ma vorrei stare un po' tranquillo, chiacchierare, vedere la sua bellissima faccia quando è intenta a guardare la notte e intanto sorseggia la tazza di caffè. Lo vivo un po' come un appuntamento galante, me ne rendo conto, ma è l'unica cosa che posso sperare di avere da lei. Alle sette esco di casa, prendo la macchina e vado al Muro. Mi fermo un attimo a comprare un paio di kebab e due lattine di Coca dal chiosco vicino alla moschea, poi comincio la trafila del riconoscimento. Penelope mi sorride da lontano, anche lei ha avuto l'idea dei kebab e adesso ne abbiamo per una comitiva.

«Se continuiamo a fare il turno di notte insieme» mi dice, «diventerò obesa».

Io rido e mi sento un po' goffo, non riesco a pronunciare neanche una delle frasi intelligenti che mi studio per queste occasioni e la poesia non aiuta. La notte deve ancora cominciare quando usciamo con il pick-up nel deserto. C'è un chiarore rossastro che sta già stemperando nell'azzurro se guardiamo verso le montagne. Un paio di galline secche sbattono le ali davanti ai nostri fari e poi zampettano in un anfratto scuro pieno di paglia e intonaco scrostato. Per adesso guido io e Penelope si beve la Coca buttando uno sguardo distratto fuori dal finestrino. La pelle sopra il colletto della divisa, a metà tra il lobo dell'orecchio e il cuneo morbido dell'attaccatura dei capelli, è di un biancore abbagliante e tenerissimo. Ho paura di fissarlo troppo, temo che lei si giri e mi tagli con lo sguardo. Adesso però quel bianco latte è dentro di me come un segreto. Non lo dimenticherò mai.

«Cani selvatici» dice Penelope.

Quelli che chiamiamo sciacalli, in realtà sono solo vecchi randagi che si sono abituati alla vita in branco. Non si avvicinano mai agli uomini ma, se lo fanno, possono essere molto pericolosi.

Finché non diventa tutto blu, non succede niente. Percorro la strada verso Kadjouine, poi giro a sinistra in un sentiero sterrato e mi inoltro nella pietraia.

«Le tagliole sono a posto» dice Penelope che controlla con il sensore. «Andiamo a vedere quelle nei fichi d'india. Magari lí ci fermiamo e mangiamo i nostri kebab».

Io annuisco. I fichi d'india, come li chiama lei, sono quanto c'è di piú simile a un'oasi. È un gruppetto di quattro palme su una piccola altura. Ci andiamo tutti quando siamo in turno di notte perché fa fresco, puoi parcheggiare in una bella piazzola dalla quale hai un'ottima visuale sul terreno circostante e c'è anche una minuscola sorgente che sgorga appunto in una macchia di fichi d'india. I migranti ne sono attratti come se fosse un vasetto di miele e infatti ci sono tantissime tagliole. Parcheggio e libero i cani. Non vedono l'ora di scodinzolare in giro e dare la caccia a qualche coniglio selvatico. La piazzola è zeppa di lattine, cartacce di dolci, pacchetti di sigarette appallottolati e preservativi usati. Qualcosa striscia tra i rami degli arbusti.

«Che schifo» dice Penelope tirando fuori i kebab, «ogni volta questo posto diventa sempre piú un porcile. Sai chi ci viene qui, una sera sí e una no? Laborde con le sue amiche di Kadjouine».

Penelope grugnisce imitando Laborde e io rido. Ci sediamo sul cofano che è appena tiepido e togliamo la carta stagnola ai nostri panini. Le dita mi si ungono all'istante e l'odore di carne e spezie si diffonde come una nuvola pesante.

«E tu» mi dice, «ci vieni mai con qualcuno?»

Mi sa che arrossisco perché lei ride.

«Qualche volta» dico.

Penelope resta in silenzio.

«No, non ci sono mai venuto, a parte una volta con Gaber ma poi non abbiamo combinato niente».

«E perché?» chiede lei.

«Non so, Gaber è troppo...» non mi vengono le parole.

«È un porco» dice Penelope facendo un grugnito. «E tu non sei un porco. Pensi di esserlo, magari vorresti esserlo, ma non lo sei».

Abbassa la testa e dà un morso al kebab. Sono parole bellissime e io non so cosa rispondere per cui addento anch'io il mio panino.

«Non devi passare tutto quel tempo con lui» continua, «ci sono tanti altri colleghi».

«Gaber alla fine non è cattivo» rispondo, «è solo un po' grezzo, non ha molta cultura ma è sveglio».

Penelope alza le spalle e beve un sorso di Coca.

«A proposito di stare svegli» dice, «buon ramadan».

Nel palmo della mano ha un paio di Golden Slumbers.

«Ancora un paio di giorni e poi dovremo stare in astinenza, tanto vale trattarci bene».

Ne prendo una e la inghiotto con la Coca mentre lei fa lo stesso.

Ha un modo tutto suo di bere dalla lattina. Alza la testa e fa colare il liquido nella bocca senza toccarla con le labbra. Potrei guardarla per ore.

«Hai mai pensato di comprare le urine?» le chiedo.

Mi punta addosso i suoi occhi enormi e scuri.

«Voglio dire» continuo, «è un tormento restare tre giorni a secco per l'esame. Se una volta ogni tanto compri delle urine pulite, insomma, non è mica un dramma. Le usi per il test e sei a posto. Silvan...»

Lo sguardo di Penelope mi fa capire che ho passato il limite. Per lei i princípi contano. Comprare le urine è una cosa da vigliacchi. Un vero guardiano del Muro non lo fa, deve avere la forza di superare il ramadan.

«Zomer» mi sussurra, «dimmi che non lo hai mai fatto».

«No» le assicuro, «però...»

«Se cominci a comprare l'urina finisci come Romano. Nessuno ti obbliga a fare questo lavoro però se ci sei dentro devi seguire le regole e la regola aurea è che il tuo piscio deve essere pulito una volta al mese. Non c'è molto altro, ma se cominci a dimenticarti questo, tanto vale che lasci perdere».

«D'accordo» le dico.

Scuote la testa e dà un altro morso al kebab. Vedo che mastica con calma mentre pensa alla prossima frase da dire.

«E lascia perdere anche il Chimico: è una testa di cazzo come il tuo Gaber e lo sai benissimo. Ha già addosso mezzo dipartimento del Controllo e, se non lo beccano per la droga, per qualcosa lo incastrano di sicuro. Stai lontano da lui perché, quando decideranno di chiudere la rete, non staranno a guardare quanti pesci troveranno insieme a quello stronzo».

«Mi ha dato queste» dico senza neanche volerlo. Tiro fuori dalla tasca le Moby Dick e gliele mostro. Mi gioco tutto con lei. Non so perché lo faccio, forse perché mi sembra l'unica persona per la quale io conti qualcosa, un'amica.

Penelope sgrana gli occhi. «Te le ha date lui?»

Annuisco.

«Sai cosa sono?» chiede.

«Ne ho presa una oggi, prima di venire al lavoro».

«Sei pazzo? Questa roba è potentissima» dice Penelope, «ne ho solo sentito parlare. Dicono che dia dipendenza immediata».

«Non saprei» rispondo, «non mi sembra di averne bisogno. Non piú delle pillole d'oro che mi hai appena offerto. La cosa strana è che ho fatto lo stesso sogno di Gaber, quello della balena».

«Lo scheletro preistorico».

«Sí, dovresti vederla, è bellissima».

«Ma come faccio a vederla, cretino, è un sogno».

Ride piano e a me viene in mente la sorgente a pochi passi da noi che in mezzo a questa pietraia continua da secoli a fornire acqua fresca.

«Puoi invece» le spiego, «basta che prendi una di queste. Puoi vedere quello che vuoi. È come se potessi scegliere la realtà che desideri: modificare un evento del tuo passato, essere una persona diversa. Tutto quello che vuoi».

Quasi quasi mi metto lí a raccontarle dei miei sogni di bambino quando pensavo di poter volare.

«E te l'ha data il Chimico?» chiede Penelope, anche se sa già la risposta. «Non sono sicura di volerla provare. Mi hanno riferito cose terribili su questa droga». Fa una pausa e poi scoppia di nuovo a ridere. «Anche cose splendide, a dire il vero. Non pensavo che ce ne fossero in giro. Magari a fine turno ci faccio un pensierino».

«Ok» dico io rimettendomele in tasca.

Richiamiamo i cani, Rolf torna con una cosa che scodinzola in bocca, probabilmente una lucertola e Penelope gliela fa sputare. Quel cane la adora. Ken invece sta per i fatti suoi. È una bestia nervosa che sembra tollerare poco anche le carezze. Partiamo per il giro di ricognizione, guidati dalle luci infrarosse dei fari. In lontananza vediamo la linea scura del Muro. Adesso non parliamo, siamo tesi, scrutiamo nel blu profondo per cogliere qualsiasi movimento. Questa è la zona dove stanno costruendo la parte nuova del settore otto. Il cantiere attira i clandestini, è un punto meno protetto. I pilastri alti piú di sette metri spuntano dal terreno come ossa preistoriche e le gru con i loro carichi di putrelle oscillanti nella notte senza vento fanno venir voglia di credere ai fantasmi. Il Muro lampeggia a intermittenza, qui gli spot pubblicitari non si ricevono bene. Lampi di luce colorata sbiancano il terreno a intervalli irregolari riproducendo casualmente volti, paesaggi e stralci di motivi musicali. Vengono i brividi.

«Tu ci credi al Serpente?» dico a Penelope che fa un impercettibile balzo in avanti sul sedile. «Quando sono al sicuro, nelle torrette» continuo, «so che è una leggenda inventata dai migranti per darsi coraggio, per sperare, ma qui tutto sembra possibile».

«E tu?» mi chiede lei di rimando.

«Non so» rispondo. «Non credo. Nessuno l'ha mai visto».

«Io sí» dice Penelope seria. «Io ci ho parlato».

Dallo stupore, fermo il pick-up in mezzo al nulla. Piccoli sbuffi di polvere si alzano davanti ai fari. Ascoltiamo i rumori del motore che si assesta e alla fine restano i nostri due respiri. Fuori un ramo si spezza e io stringo le mani sul volante. Penelope guarda davanti a sé.

«Non l'ho mai detto a nessuno e non so perché ne parlo adesso. Una sera ero in turno con Rocchi ed è scattato l'allarme. La pattuglia di Croce si era imbattuta in un gruppo di clandestini che avevano aperto il fuoco. Erano molto distanti da noi e quando siamo arrivati era già tutto finito. Uno dei nostri era a terra con una brutta ferita alla spalla e gli altri cercavano di rianimarlo. Rocchi ha chiamato i rinforzi mentre io sono scesa a controllare. Tre migranti erano a terra. I loro compagni si erano smaterializzati nel deserto. Mi stavo ancora guardando intorno per vedere se c'era qualche altro ferito nei cespugli, quando ho visto qualcosa che si nascondeva tra le pietre. Ho intimato l'alt e sono andata in quella direzione con la torcia accesa. Dietro di me ho sentito le voci dei colleghi che mi dicevano di aspettare, di non andare da sola, ma ormai ero già in adrenalina, sai come succede, no?»

Io ho annuito.

«Appena arrivo dove avevo visto i movimenti, con la torcia inquadro uno sciacallo. Aveva dei denti enormi e affilati che brillavano alla luce della torcia. Non avevo mai visto denti del genere. Prendo la pistola ma lui mi ringhia contro e poi scappa via. A dire il vero scompare nel nulla, come quando i prestigiatori tolgono il lenzuolo e la ragazza che faceva da assistente non c'è piú. Mi rilasso e rassicuro i colleghi: era solo un cane selvatico. È allora che sento un fruscio e lo vedo. È seduto su una roccia e sorride. Magro, scuro, secco come un palo, con due occhi enormi. Un bianco, senza dubbio. Alzo la pistola e intimo l'alt, ma lui si limita a guardarmi e mi fa un gesto con la mano come a dirmi che ci saremmo visti dopo. Arriva Rocchi che mi ha sentito urlare e mi volto per una frazione di secondo. Quando mi rigiro, lui è sparito».

Accendo una sigaretta e guardo Penelope. Il suo profilo perfetto è puntato verso il nulla, come se sperasse di vedere arrivare l'uomo di cui mi ha parlato. Non ho il minimo dubbio sul fatto che abbia detto la verità.

«Lo hai detto ai colleghi?» chiedo.

«No, certo» risponde, «cosa potevo dire? Che un bianco, anche ben vestito, perché aveva una camicia e delle scarpe, sai quelle degli esploratori? Quegli scarponcini pieni di lacci? Insomma, che un bianco vestito da safari mi aveva dato appuntamento per dopo? E ti assicuro che non ero fatta. L'ho visto davvero».

«E come fai a dire che era il Serpente?»

«Perché l'ho rivisto e ci ho parlato. Te l'ho detto, no? È successo molto tempo dopo. Sto bevendo una birra alle Barricate e a un certo punto devo andare in bagno. Come al solito c'è una fila che non finisce piú davanti alla toilette delle donne, mentre in quella dei maschi non c'è mai nessuno. Io devo proprio andare, ho la pancia che mi scoppia e davanti a me ci sono almeno cinque tipe. Chiedo se mi fanno passare ma ovviamente mi rispondono di aspettare il mio turno e allora mi accorgo che uno che è appena uscito dai cessi degli uomini mi sta fissando. Sto già per mandarlo a stendere quando lui mi si avvicina e mi sussurra nell'orecchio che se voglio andare in quello degli uomini lui mi tiene la porta. Io mi fiondo dentro e faccio quello che devo fare. Quando esco lui mi invita a prendere una birra e io non posso dirgli di no, solo che sono con altre persone per cui gli dico che, se vuole, può venire a sedersi con noi. Lui allora rifiuta e mi dice che un giorno dovremo proprio farci una bella chiacchierata a proposito del Muro e di tutto quello che significa. Si allontana verso il fondo del locale e, prima di uscire, mi fa di nuovo quel gesto con la mano, sai, come quell'uomo nel deserto, come a dire ci vediamo dopo. E io mi accorgo che era proprio lui, la stessa persona, solo che ormai era uscito dalle Barricate e io sono tornata al mio posto».

«Be', è una storia strana» dico io, «ma non poi cosí incredibile. Magari erano solo due che si assomigliavano molto. E poi, scusa, come fai a sapere che era il Serpente?»

«L'ho visto un'ultima volta, alle gabbie di vetro. È arrivato con un passaporto vero. So che ti sembrerà assurdo. Era talmente tanto che non ne vedevo uno che non volevo crederci, eppure era tutto a posto. Non era un falso perfetto, era proprio un passaporto. E lui arriva da me e me lo mostra. Mi sorride e io lo riconosco. Sembra divertito dal mio stupore. Quando apro le porte della frontiera, lui si riprende il documento e mi dice: "Sembra sia piú facile attraversare il Muro che andare nei bagni delle donne, non le pare?" Io resto senza parole. "Stia attenta ai colleghi, non tutti sono quello che sembrano. Si faccia dire cosa è successo la notte di Carnevale. Terremo piú avanti la nostra conversazione sul Muro". Mi ha sorriso e se ne è andato. Era il Serpente, te lo ripeto».

Io sento dei brividi freddi nella pancia. Il riferimento alla notte di Carnevale mi fa salire in gola una leggera nausea. Non era questa la serata che avevo in mente.

«E come si chiama? Hai visto i suoi documenti: chi è?»

Penelope mi guarda in faccia e pianta gli occhi in profondità.

«Non lo so, non me lo ricordo. Ho provato subito a controllare sui documenti d'uscita ma non c'era traccia, come se non lo avessi registrato anche se sono sicura di averlo fatto».

«Non è possibile» dico.

Gli occhi le si riempiono di lacrime.

«Lo so, è impossibile ma è cosí, è come se mi avesse ipnotizzata o come se fosse davvero il Serpente. Capisci perché non l'ho mai detto a nessuno?»

Io rimango in silenzio e guardo fuori dal finestrino. «E perché hai deciso di dirlo proprio a me?» chiedo anche se conosco bene la risposta.

«Hai mai fatto qualcosa di brutto?» mi chiede Penelope succhiandosi la punta dell'indice mentre cambia discorso. «Intendo qualcosa di cui ti vergogni e che non puoi dimenticare?»

«È possibile».

Restiamo in silenzio a guardare il paesaggio spettrale fuori dai finestrini, cercando di costruire una barriera invisibile che ci avvolga come un bozzolo e ci isoli l'uno dall'altra. In questo momento non vorrei essere in auto con Penelope. Eppure non posso fare a meno di ascoltare il suo respiro, il rumore delle sue unghie mentre si gratta la guancia. Un cane selvatico corre sulla sabbia sbucando dal nulla e sparendo di lí a poco. Vorrei chiederle se lo ha visto anche lei, ma non ne ho il coraggio. Fino a quando riuscirò a stare zitto, non accadrà nulla di male ma so già che, come in tutte le cose, un sassolino maligno presto comincerà a rotolare, diventerà una valanga di stupidaggini che mi escono dalla bocca e farà crollare questo prezioso attimo nella polvere. Penelope mi prende un polso senza guardarmi. Il contatto con la pelle della sua mano e cosí intenso da darmi il capogiro. Non so cosa fare, mi sento perso.

«Tu sai cosa è successo quella notte, no? Quando è morto Steiner».

Ci siamo. Adesso finisce tutto. Sottraggo la mano alla sua presa e mi sento bollire dentro. Questa è una cosa scorretta. Anzi, è la piú scorretta di tutte. Nessuno chiede a un collega informazioni private. Funziona cosí: ci si fida e basta. Non abbiamo nient'altro per farci scudo a vicenda.

«Scendiamo» dico con la voce che trema di rabbia, «facciamo due passi e fumiamocene una».

Usciamo e ci appoggiamo alla fiancata calda del pick-up. Stiamo per un po' a guardare nel blu facendo tiri profondi alle nostre sigarette. Una strana calma mi invade. È bello stare cosí vicino a Penelope; non la tocco ma sento fisicamente la presenza del suo corpo, come se emanasse una morbidezza astratta, che si propaga nell'aria fino a me. Non desidero altro e non ho nessuna voglia di parlare di quello che è successo a Carnevale, ma so che lei sta aspettando solo quello. E poi a qualcuno devo pur dirlo.

«Abbiamo ricevuto una chiamata di soccorso» comincio, «facevo il turno con Gaber. Era il terzo giorno di ramadan, il peggiore. Sudavamo come fontane, scattavamo e alzavamo la voce per la minima cazzata, sai come succede, no?»

Penelope muove impercettibilmente i capelli seguendo l'alito di un vento che non c'è.

«Arriviamo sul posto e troviamo Loich da solo, sdraiato per terra, in lacrime. Un pianto isterico, irrefrenabile. Eravamo spaventati, non ho mai visto un uomo adulto piangere in quel modo. C'è voluta un'eternità per farlo calmare, sembrava un bambino».

Penelope mi guarda.

«Non riusciva a smettere di singhiozzare. Ha detto che sono arrivati quasi subito dopo la chiamata e hanno trovato Steiner a terra, a fianco del suo pick-up. Di Corelli, il suo collega, nessuna traccia. C'era sangue dappertutto, Steiner aveva la gola aperta ed era ancora vivo. Li guardava con gli occhi spalancati e tremava come una specie di giocattolo impazzito mentre chiamavano l'ambulanza e altri rinforzi. Loich è rimasto con lui mentre gli altri perlustravano la zona. Ci saranno voluti dieci minuti buoni prima che arrivasse qualcuno ma a loro è sembrata un'eternità. Non sapevano cosa fare. A un certo punto Loich ha chiamato il Chimico che si è avvicinato. Steiner stringeva la mano di Loich e non la lasciava andare. Provava a parlare ma non riusciva a emettere suono. Gorgogliava qualcosa in mezzo a tutto quel sangue. Loich pensava che se ti tagliano la gola, muori all'istante, ma non è cosí. Steiner non moriva mai. Poi ha avuto uno spasmo piú violento degli altri e si è irrigidito; è morto senza lasciargli la mano, sempre con gli occhi spalancati e persi in un buio assoluto. Silvan ha dovuto staccare le dita di Steiner a una a una dal polso di Loich che non riusciva a muoversi. Erano cosí contratte che sembravano di ferro. Il Chimico ha fatto forza e, quando è arrivato al medio ha sentito un crac e Loich ha vomitato. Si sono rimessi in piedi e hanno provato a perlustrare ancora un po' per vedere se trovavano Corelli mentre in lontananza vedevano arrivare le luci azzurre e gialle dell'ambulanza e dei pick-up. Corelli era in un fosso, a un centinaio di metri di distanza. Hanno aspettato che li caricassero e li hanno visti partire verso il Muro. Mentre vedevano l'ambulanza che si allontanava la loro rabbia cresceva. Erano isterici, dicevano che avrebbero fatto fuori qualunque stronzo di migrante gli fosse capitato tra le mani. E poi l'astinenza si faceva sentire, mancava poco che si mettessero a litigare tra loro. Silvan è andato al pick-up ed è tornato indietro con delle pillole dicendo che non gliene fregava niente dei regolamenti e del controllo delle urine, era una situazione estrema e nessuno avrebbe avuto niente da ridire se avessero preso qualcosa. Insomma, tutti si sono fatti come dei disperati ma Loich no. Stava in disparte a massaggiarsi il polso, come se Steiner lo stesse ancora stringendo. Erano davvero incazzati. Rossi dava calci ai sassi, sparandoli dritti nel buio. Mi stai ascoltando?» chiedo a Penelope voltandomi verso di lei. La sua faccia bellissima mi guarda e mi fa segno di sí.

«Mentre sono lí, in piena isteria, sentono un rumore e fanno subito silenzio. Si spostano nell'ombra e aspettano. A volte sembra che il destino faccia apposta a mettere i cretini nel posto sbagliato al momento sbagliato. Qualunque migrante, alla vista dei pick-up, si sarebbe dileguato, invece ecco arrivare quattro ragazzini. Avranno avuto dodici, tredici anni. Tre maschi e una femmina. Hanno visto le auto incustodite e si sono detti: quale mezzo migliore per raggiungere il Muro e sfondarlo, magari giú ai rovi, oltre la linea di Kouf? Sembravano felici, non credevano alla loro fortuna. Sono saltati dentro a uno dei pick-up e hanno cominciato a capire se riuscivano a metterlo in moto. Naturalmente non potevano essere quelli che avevano ucciso Steiner, ma in quel momento non era importante. Loich ha preso il taser e stava per uscire ad arrestarli quando ha sentito partire un colpo. La testa di uno dei ragazzini è esplosa come un melone che cade da una scala. Gli altri tre, invece che scappare si sono immobilizzati come statue. Mentre armeggiavano con il pick-up sembravano degli adulti, ma adesso, di fronte a quella specie di miracolo che aveva schizzato dal nulla la testa del loro amico tutto intorno, erano solo dei ragazzini pescati in flagrante. Uno aveva cominciato a piangere dalla paura e Loich raccontava di aver visto il davanti dei suoi pantaloni macchiarsi di pipí. Rossi e Silvan sono usciti dai cespugli e hanno cominciato a prenderlo a calci. Loich ha immobilizzato la ragazza mentre il terzo ragazzo ha provato a scappare nel deserto. Rossi se ne è accorto e gli ha sparato alla schiena. Loich gli ha detto di fermarsi, che era sufficiente, ma loro continuavano a prendere a botte quello rimasto a terra in piena frenesia da pillole».

«Non mi devi raccontare tutto» mi interrompe Penelope. «Alla fine li hanno uccisi tutti, no?»

«No» le dico, «è stato molto peggio».

«Loich doveva arrestarli e basta» sibila Penelope che mi guarda con una faccia cattiva.

«Forse, ma non lo ha fatto. Avremmo dovuto essere lí, vedere Loich accucciato in un angolo con la faccia piena del sangue di Steiner e capire la rabbia che c'era in giro quella notte. Quei migranti non avevano una sola possibilità di salvarsi».

«Cosa è successo alla ragazza?» chiede Penelope.

«Silvan è andato verso i cespugli, completamente fatto, con una faccia orribile. La ragazzina si è stretta a Loich, come se potesse proteggerla. Mi ha detto che sentiva ancora il contatto della sua schiena sudata e impaurita sulla pancia. Intanto quello a terra non si muoveva piú. La testa era piegata in un angolo innaturale. Il Chimico ha preso un grosso ramo e poi ha tolto la ragazza dalle braccia di Loich. Lui ha provato a dirgli di non toccarla, ma Silvan gli ha puntato la pistola in faccia. Lui e Rossi le hanno strappato i pantaloncini e l'hanno fatta inginocchiare a terra.

Penelope volta il viso.

Non riesco a raccontarle tutto l'orrore.

«... alla fine Rossi le ha sparato in testa. Hanno mollato tutto lí e se ne sono andati. Ecco cosa è successo. Io e Gaber ci abbiamo pensato su per un giorno ma poi abbiamo deciso di non dire niente. Ci siamo messi nei loro panni e, non lo so, non abbiamo potuto denunciare i colleghi. Alla fine, come vedi, sono come tutti gli altri. Credi che potrai accettare questa cosa e continuare a lavorare con me?»

Penelope ha gli occhi pieni di lacrime.

«Non sto piangendo» dice, «è solo una reazione nervosa, niente di piú».

Restiamo in silenzio, poi saliamo sul pick-up. Io guido, mentre i fari illuminano qualche sciacallo che ci guarda con la lingua di fuori.

«Per me è tutto a posto» dice alla fine Penelope. «Credo di capire la situazione».

Dentro di me si scioglie una pietra enorme che non sapevo neanche di avere. Mi viene da sorridere.

«Avrei voluto denunciarli, ma non ho potuto» dico.

«So cosa vuoi dire. Ma come fai a frequentarli ancora?»

«Non li frequento» dico, «mi capita di incontrarli, sono colleghi. Compro la roba da loro».

«Spero che un giorno il Serpente incontri Silvan» dice Penelope.

Io la guardo stupito: è la prima volta che qualcuno parla bene del Serpente.

«Noi gente del Muro dobbiamo restare uniti» dico. «Se non ci proteggiamo a vicenda è finita. Se una sera finissi nelle mani di qualche passeur faresti la stessa fine di quella ragazzina e lo sai anche tu».

Penelope tace e guarda davanti a sé. Dio, com'è bella, non sapevo neanche che potesse esistere tanta bellezza in un solo essere umano. Se qualcuno osasse toccarla non esiterei un secondo a spaccargli la testa proprio come hanno fatto Rossi e il Chimico con quel povero disgraziato. Eppure ormai le cose non sono piú come prima. Sapevo che questo racconto avrebbe cambiato le cose tra noi due. Avrei voluto continuare per sempre a fare le notti con lei e magari fumare qualche sigaretta appoggiato al cofano e vederla perdersi nei suoi pensieri.

«Non lo avrei fatto neanche io» dice all'improvviso.

«Cosa?» chiedo.

«Non avrei fatto la spia a quello stronzo del Chimico. Non si tradisce un collega. Mai».

Resta ancora per un po' in silenzio.

«E non si denuncia» conclude.

Accende una sigaretta e fuma piano mentre io guido un po' a casaccio tra le dune di terra dura e pietre, saltando almeno un paio di controlli delle tagliole.

«È una vera merda» dice all'improvviso Penelope.

«Già» rispondo, «una vera merda».

Un coniglio si ferma davanti al pick-up, abbagliato dai fari. Io inchiodo e lui resta lí, tremante, con gli occhioni spalancati, senza osare fare un passo. Gli basterebbe buttarsi di lato, un breve scatto delle zampe e sarebbe salvo, ma non lo farà. Spengo i fari e aspetto che si nasconda in una macchia di arbusti. Si vede il fumo che sale dal cofano. Dopo qualche secondo, accendo il motore, i fari illuminano la strada sgombra e riparto.

## 16.

Il giorno dopo mi sveglio a mezzogiorno, non dormo mai molto. Domani comincia il ramadan e per tre giorni zero conforto. Mi sciacquo la faccia e i denti con un liquido ai limiti della decenza e scendo in strada. Vado da Amin, proprio di fronte a casa mia e l'odore del kebab mi fa quasi vomitare. Mi siedo e ordino dolcetti e tè.

«Un po' tardi per fare colazione» dice Amin servendomi un piattino argentato con piccole delizie che cucina di persona. Bevo un sorso di tè e mi sento già meglio, magari poi il kebab potrebbe diventare un'opzione da considerare. Nel minuscolo locale, non piú grande del mio appartamento, ci sono solo un paio di arabi che conversano sottovoce. Amin, con la sua pancia prominente e tette quasi femminili, mi guarda assonnato da dietro il bancone.

«Non dovevi fare questo mestiere» mi dice. «Tu sei un intellettuale, leggi le poesie. Che ci fai sul Muro?»

«È un lavoro» rispondo.

Però Amin ha ragione. Ricordo mio padre che arrivava a casa con quella faccia da cane triste. Si toglieva le scarpe e si metteva davanti alla tv mentre aspettava che mia madre mettesse in tavola. C'era sempre quell'odore dolce di piedi e cuoio che aleggiava per casa quando c'era lui e, invecchiando, a volte mi accorgo che i miei piedi cominciano ad avere lo stesso odore. Poi si sedeva con noi e mangiava con lentezza innaturale, come se dovesse osservare con cura ogni singolo boccone di bistecca o cous cous che aveva sulla forchetta. Io lo guardavo con un misto di pietà e disprezzo e dicevo a me stesso che piuttosto sarei andato a mendicare ma non avrei mai fatto il suo lavoro. Non volevo ridurmi come lui, io desideravo la Vita Piena.

Non è andata cosí.

Saluto Amin, salgo in auto e raggiungo la sala giochi. Mi piace vedere come il mio stipendio si dilegua in pochi attimi. Dicono che le slot machine creino dipendenza come le pastiglie, ma non è vero: ne creano molta di piú. Prima di entrare prendo dal cruscotto quello strano libro della bambina che voleva morire e ne leggo qualche passo. Sto cominciando a credere che parli di me, solo che dio ha smesso di amarmi tempo fa. Mi accendo una sigaretta e poso il volume sulle gambe. Di fronte a me un cane si gratta la pancia sdraiato in un angolo d'ombra. Un paio di avvoltoi semiaddormentati occupano la parte superiore di un lampione che ha smesso di funzionare un secolo fa. Due galline si beccano svogliatamente per contendersi un avanzo di pagnotta.

È un mondo crudele e assonnato.

Entro allo Slot Bazar e mi faccio dare un pacco da venti fiches. È l'unico posto al mondo dove ti diano vere monete per giocare, in questo caso lire italiane e qualche vecchia sterlina. I clienti le preferiscono alle carte prepagate, dà l'idea del guadagno reale. Il locale puzza di fritto e lisoformio. Mi avvicino a un tavolino dove, disposti in ciotole sbeccate, ci sono diversi tipi di stuzzichini e mi infilo in bocca una manciata di arachidi salatissime. Gli occhi faticano a orizzontarsi perché lo Slot Bazar è ancora addobbato con le luci natalizie benché sia passato un secolo dalla festività. Piccoli led rossi, gialli e verdi sono disposti ovunque sul soffitto e sulle pareti e si accendono a intermittenza. Al centro del salone principale, dove un pavimento a losanghe bianche e nere sembra far convergere tutto lo spazio, c'è una vasca di pietra piena d'acqua e una palma alta un paio di metri completamente avvolta da fili luminosi. Una delle arachidi è marcia e mi fa esplodere un gusto schifoso in bocca. La sputo nella mano e poi la lascio cadere a terra con nonchalance. La musica degli Abba satura l'ambiente e io non li sopporto, soprattutto i due maschi con i capelli pettinati da cane.

Vado verso la mia slot preferita che è Casablanca. Non ricordo di preciso quando ho cominciato a giocare a questa consolle, ma adesso non la cambierei con nessun'altra al mondo. Mi infastidisce sentire il calore di un culo altrui sul cuscino di similpelle quando mi siedo per incontrare Ilsa Lund. Ogni volta che ammazzi una decina di nazisti nel bar di Rick puoi tirare la leva e vedere se la combinazione è fortunata. Purtroppo oggi c'è già qualcuno che sta giocando con il mio mondo. Aspetto in piedi dietro le sue spalle e lo scruto con astio. Sono geloso, lo ammetto, non mi piace che uno sconosciuto possa sfiorare la gonna di Ingrid Bergman o sussurrarle all'orecchio parole che possano distrarla dalla nostra relazione virtuale. L'individuo che sta giocando a Casablanca non ha intenzione di smettere tanto presto, forse sta vincendo, cosí mi prendo una birra e mi appoggio al bancone tenendo sempre d'occhio la consolle. Lo vedo di spalle, è un tipo di mezza età con i capelli brizzolati tagliati corti. Il colletto della camicia ha una macchia d'unto e la giacca è piena di peletti bianchi. Sembra uno elegante, ma in realtà è sporco. Sono sicuro che ha dei brutti denti. Uno scroscio di monetine mi fa capire che quel tipo ha vinto davvero. Non ricordo l'ultima volta che quella macchina mi ha regalato soldi.

Entrano due stronze, dico cosí perché fanno di tutto per avere l'aria delle stronze che vengono dai resort di Djerba. Sono giovani e snelle, di quella magrezza scolpita, un po' da culturista, di quelle che passano l'ora del pranzo in palestra per non mangiare. Una è bionda e porta una camicia chiara su un paio di pantaloni larghi che le lasciano scoperte le caviglie e buona parte dei polpacci. Ha le braccia coperte da braccialetti etnici che tintinnano su un tatuaggio rossiccio. L'altra è un po' piú vecchia, tacchi alti e un vestito beige che sembra uno straccio ma cade benissimo sul suo corpo. Roba che costa cara e si vede. Immagino il faccione di Amin quando mi guarda scuotendo la testa.

«A che ti serve tutta quella poesia che leggi? Tanto parli come uno che vende al mercato».

Ha ragione: la poesia non serve a niente. È come un amuleto con le ossa di una santa, di quelli che usano in Italia o in Spagna. Alcuni tengono un cornetto rosso nella tasca dei pantaloni, io ci tengo John Keats. Se qualcuno ti spara in un vicolo o se le analisi del sangue sono pessime, non è di grande utilità. Keats però può farti girare la giornata in positivo se uno dei suoi versi riesce a incontrare la tua testa. O almeno, per me funziona cosí.

Incrocio lo sguardo con la bionda che mi trapassa come fossi di plexiglas. Le sue labbra rifatte, da bambina che ha appena trovato i giornali porno dei genitori in un comodino, formano la parola *djinn* e l'altra sorride mettendo in mostra i denti. Gli *djinn* siamo noi che lavoriamo qui in Africa, come dire gente di serie B, né migranti né veri europei. Bevo la birra e mi viene voglia di farmi un'altra Moby Dick. Mi salva l'uomo che smette di giocare a Casablanca e lascia libera la postazione. Passandomi accanto mi sorride e noto con soddisfazione che ha davvero i denti marci. Mi siedo e metto il visore. Aspiro con vivo piacere l'odore di plastica e gomma della maschera. Inserisco un paio di monete e lascio che tutto cominci.

Sono in Marocco durante la Seconda guerra mondiale. Seduto nel bar di Rick, mi sto bevendo un cocktail dal gusto delizioso. Il tempo si sfilaccia mentre giochi a queste slot di nuova generazione. Ti sembra di passare ore dentro una realtà diversa e decisamente migliore mentre non trascorrono piú di cinque minuti prima che tu debba inserire altre monete. Arriva Ingrid Bergman, cioè Ilsa, e si siede al mio fianco; ha un profumo delizioso, identico a quello che aveva Tiziana Capogrossi, una mia compagna di liceo. So che è una sensazione indotta dal gioco ma è cosí reale che mi ci abbandono completamente. Ingrid si ricorda di me, di tutte le volte che abbiamo giocato insieme. Il mio nickname è Rainer Maria Rilke e sono un tedesco che fa il doppio gioco.

«Non dovresti venire cosí spesso» dice Ingrid. «Qui le persone non sono quello che sembrano».

Io la guardo e lei sembra splendere da dentro. È bellissima. Si preoccupa per me.

«Stai tranquilla» le dico, «se qualcuno prova a farti del male lo stendo con questa».

Mi tasto la giacca sotto la quale sento il rigonfiamento di una pistola.

«Io non ho paura di morire» dice Ingrid, «non ho bisogno di sentirmi speciale come te».

Bevo un sorso del mio cocktail e lei sorride lasciandomi intendere che sono la sua ragione di vita.

«Hai mai fatto qualcosa di brutto?» le chiedo. «Qualcosa di cui ti vergogni e che non puoi dimenticare?»

Lei si accende una sigaretta e ci pensa su, ma si vede che è divertita.

«Una volta ho mangiato il caviale con le dita» dice, «direttamente dalla scatoletta».

Fa una risatina breve e deliziosa alzando una mano sopra la testa come a ravviarsi i capelli.

«Sei serio?» mi chiede ritornando in sé.

Io annuisco. Sto pensando a quello che ho raccontato a Penelope. Magari adesso ci sta pensando e non vuole piú vedermi.

«Sai» dice Ingrid, «io credo che uno non debba guardarsi indietro. Qualsiasi cosa abbia fatto, l'oblio o la redenzione sono solo nel futuro. Bisogna guardare avanti perché è il solo campo di gioco dove possiamo davvero colpire la palla. Non possiamo cancellare le sconfitte precedenti».

Allunga una mano e prende la mia. Mi stringe l'anulare mentre fuma pensosa. Questi software sono straordinari, riescono ad avere una profondità aliena, da macchina pensante che ogni volta mi lascia a bocca aperta.

«Attento Rainer!» grida Ingrid mentre le porte del bar di Rick si spalancano ed entrano quattro nazisti in divisa che cercano noi. Le faccio scudo con il mio corpo, estraggo la pistola e sparo. I tedeschi cadono uno dopo l'altro, non devo neanche prendere bene la mira. Adesso compare la slot che occupa tutto il mio visore. Tiro una leva immaginaria: le ciliegine e i numeri ruotano vorticosamente fermandosi dopo qualche secondo: ciliegia, quattro e asso.

«Non hai vinto, ritenta» dice una voce metallica nel mio orecchio.

Devo inserire altre monete se voglio continuare ma una mano mi batte sulla spalla e mi obbliga a togliere il visore. Sono le due di prima. Quella piú giovane mi sfiora il mento.

«Vorremmo fare una partita» dice quella con la camicia chiara.

«Dovrete aspettare il vostro turno» dico senza simpatia.

Le due si scambiano uno sguardo ironico.

«Non è a questo gioco che vorremmo fare una partita» continua mentre l'altra ridacchia. Io comincio a capire qualcosa.

«Perché pensate che io vi possa aiutare?»

Interviene quella con lo straccio beige. «Ci hanno detto che qui allo Slot Bazar potevamo trovare gente giusta. E tu ci hai guardato in un modo» dice la donna che ha un profumo molto diverso da quello di Tiziana Capogrossi, «un modo che ci ha fatto pensare».

«A cosa di preciso?» chiedo per farle friggere un po'.

«Non saprei, forse è il tuo viso esotico: sembri un Caravaggio».

Ridono: sono mezzo ubriache e si sono fatte qualcosa.

«*Nella stanza le donne vanno e vengono parlando di Michelangelo*» dico io. «L'ha detto un mio amico che si chiamava Thomas: un poeta».

«Hai sentito, Cris» dice la vecchia, «abbiamo un poeta. Il poeta dello Slot Bazar».

«Forse ho qualcosa per voi» dico alzandomi e dirigendomi verso le toilette.

Io non spaccio, non l'ho mai fatto, ma in questo caso il privilegio che queste due neanche sanno di avere mi rende cattivo. Mi seguono senza fiatare. Nelle latrine l'odore è nauseabondo ma le due donne sembrano eccitate come ragazzine. È chiaro che per loro è solo un'avventura da raccontare ai vicini di ombrellone. Non c'era alcun bisogno di portarle qui, non ci sono telecamere allo Slot Bazar, ma voglio sporcarle un po', voglio fargli abbassare quell'aria di superiorità.

«Fate finta di niente» sussurro, «ho della roba di qualità, roba nuova».

Vedo ancora sulle labbra di plastica di quella piú giovane la parola *djinn* come se avessi schiacciato il rewind di un filmato.

«Quanti soldi avete?» chiedo.

«Quanto vuoi?» risponde lei facendo tintinnare i braccialetti.

Io sento in tasca tre Moby Dick. Sparo una cifra assurda e dico che è roba sperimentale, fortissima, forse troppo.

«La vogliamo» dice la vecchia, «cosa credi?»

Si fruga nella borsetta e mi mette in mano quattro biglietti da cento euro. Io fingo di stringerle la mano e le lascio sul palmo due Moby Dick.

«Non fatevi beccare con queste» sibilo, «è roba superproibita».

Le due si scambiano uno sguardo, vedo il tatuaggio che trema sulla pelle della bionda. Si avvicinano ai lavandini, fanno scorrere un po' d'acqua che sembra pulita solo perché siamo in penombra e inghiottono le pastiglie. Io resto di stucco. Questa gente va in palestra tutti i giorni, mangia solo cose bio e poi ingurgita qualsiasi merda in una latrina pubblica. Si voltano verso di me e vedo che hanno le pupille come due palloni da calcio.

«Potresti almeno offrirci da bere con tutti i soldi che ti abbiamo dato» dice la bionda.

Usciamo dalle toilette e finalmente respiro un po' d'aria non avvelenata. Loro barcollano e, con un po' di fatica, le conduco verso il bar. Ordiniamo tequila che bevono tutta d'un fiato e a questo punto sono completamente fatte. Le lascio su un divanetto lercio ai loro sogni. Torno alla slot, inserisco qualche altra moneta e ritorno da Ingrid Bergman che è sempre seduta al bar di Rick, questa volta con una gonna diversa ma sempre con lo stesso profumo. Quanto ho desiderato Tiziana Capogrossi lo sa solo dio. Era tanti anni fa.

«Buonasera Rainer» mi dice accavallando le gambe. Riconosco quel gesto. Mia zia Lucia lo aveva fatto durante una cena di Natale a casa dei miei e mi aveva procurato un'erezione istantanea. Avrò avuto dodici anni. Come fa il software a saperlo è un mistero ma io in questo gioco ci morirei. Mi vengono in mente le due donne che ho lasciato semicoscienti sul divanetto come se appartenessero a un mondo molto meno reale di questo.

«Hai mai fatto qualcosa di veramente cattivo?» le chiedo stavolta. «Qualcosa che non potrai mai perdonarti?»

Lei mi osserva come se cercasse di leggermi dentro. Il suo viso, intendo la pelle del suo viso, ha una consistenza morbida, piena, sembra piú vera del vero. Perché non dovrei innamorarmi di lei? Che differenza c'è? Devo solo avere abbastanza monete.

«Ascolta, Rainer» mi dice con quella voce leggermente roca, «l'azione stessa è una colpa. Qualsiasi cosa facciamo spezza l'ordine delle cose. Io sono qui, in questo bar, e per il solo fatto di parlare con te sto mettendo in pericolo la vita di molte persone che amo. Ma posso farne a meno? Posso evitare di agire, di vivere?»

Io mi accendo una sigaretta e sembra proprio di fumare. La ascolto.

«Io devo esistere, agire, non voglio fare del male a nessuno ma è inevitabile. La vita è tragica».

Ma come fanno a mettergli in bocca frasi cosí? È proprio quello che vorrei dire io.

«Io ti amo, Rainer Maria Rilke, e sono pronta ad assumermi la responsabilità di questo folle amore anche se dovessi morire».

«Allora dividiamoci questo» dico tirando fuori dalla tasca l'ultima Moby Dick.

«Che cos'è?» chiede Ingrid spaventata. «Veleno?»

«No» sorrido, «non ti farei mai del male. È una droga».

«E perché vorresti farmela prendere?» dice lei che si sta già arrendendo.

«Perché ci unirà per sempre» dico senza sapere perché.

La mia mente, annebbiata dall'alcol e dal ricordo delle due di prima, sta facendo una gran confusione. Ingrid alza la mano e ordina due gin tonic. Il cameriere arriva subito, quasi volando, e la musica aumenta di volume. Io spezzo la grossa pastiglia e gliela metto sul palmo della mano. Incrociamo gli avambracci e mandiamo giú la Moby Dick. In quel momento entrano i nazisti e cominciano a far fuoco all'impazzata. Colpiscono Ingrid di striscio. Non era mai successo, il programma è fatto apposta affinché io vinca sempre. Tiro fuori la pistola e li uccido. Appare la slot e comincia la danza dei numeri: cuore, diciotto e asso.

«Non hai vinto, ritenta» dice la voce metallica buttandomi fuori da Casablanca.

Mi alzo mezzo stordito dalla consolle. Sono davvero preoccupato per Ingrid Bergman. Le due non sono piú sul divanetto. Probabilmente si sono riprese e sono tornate al loro splendido villaggio per farsi passare il mal di testa. Mi frugo nella tasca e la Moby Dick non c'è piú. Dev'essermi caduta nella latrina mentre tiravo fuori le pastiglie per quelle due. Non posso certo averlo presa con Ingrid. Meglio cosí, se quella roba dà assuefazione meno ne vedo e meglio è. Esco al sole e gli occhi mi bruciano. Stasera ci sarà un turno lungo e faticoso. L'auto è bollente, non riesco quasi a toccare il volante. Torno a casa, non ho voglia di sudare facendomi strada tra la folla del centro solo per arrivare a lavoro piú stanco di quando mi sono svegliato. Magari mi sdraio un po' in penombra, leggo qualcosa e aspetto sera. Non mi sento bene, forse la birra gelata con troppo poco sullo stomaco.

La verità è che non ho mai abbastanza soldi.

Se mi metto a passeggiare nelle vie dei negozi, mi viene da comprare un sacco di stupidaggini inutili. Vorrei entrare nelle librerie con un bel gruzzolo in tasca e portarmi via tutto quello che voglio; cosí, per vedere che effetto fa essere come gli altri. Come i turisti che vengono qui a fotografare il Muro. A fine mese, come sempre, ci sarà l'esecuzione completa di *The Wall* fatta da un gruppo tributo ai Pink Floyd, anche se gli eredi di Roger Waters si sono opposti e c'è una causa in corso. Alla fine del concerto c'è anche la distruzione simbolica del Muro, con una cascata di mattoni bianchi di gommapiuma che rotolano al suolo tra le luci stroboscopiche e i flash dei cellulari. Si pensava che il Muro sarebbe diventato una spesa insostenibile per le nazioni che lo avevano progettato, invece si è rivelato un'insperata fonte di guadagno. Quando cammino per le strade del centro vedo tantissimi giapponesi, brasiliani e russi che accorrono a vedere la nona meraviglia del mondo moderno. Sono tutti ricchissimi e io, quando cammino in mezzo a loro, mi sento un pezzente. Questa è la realtà. Dovrei essere come loro ma non lo sono; probabilmente c'è qualcosa di sbagliato in me. Quando arrivo sotto il mio palazzo trovo Gaber nell'androne che sta sudando come una fontana.

«Cazzo, che occhi che hai» mi dice quando mi vede da vicino, «ti sei fatto qualsiasi cosa o sbaglio?»

«Sbagli» dico, «giusto una birra allo Slot Bazar».

«Se lo dici tu» risponde poco convinto. «Posso salire? Devo dirti una cosa che non può aspettare».

Entriamo nel mio appartamento e io mi siedo sul divano con una birra gelata. Un'altra l'ho data a lui che se la rigira nella mano destra come se leggere l'etichetta della bottiglia fosse la cosa piú importante del mondo.

«Mi sono fatto tutte le Golden Slumbers che avevo» dice rompendo il silenzio. «Tu come sei messo? Hai un po' di scorta?»

Scuoto la testa.

«Le ho vendute» dico.

«A chi?»

«A due turiste sai, quelle che vogliono provare emozioni forti con i *djinn*».

«E non ne hai piú neanche una?» dice Gaber che adesso beve a canna.

Mi accorgo che è lui quello strafatto.

«No» rispondo, «pensavo di recuperare stasera».

«Io me le sono fatte tutte» dice Gaber. «Questo affare di Silvan mi ha messo in adrenalina».

«Ti ricordo che stasera comincia il ramadan. Devi pisciare pulito e limpido come un neonato».

Lui posa la bottiglia avvicina la sua faccia alla mia.

«Sai che ti dico? Sono stufo di lavorare al Muro e non avere mai un euro in tasca. Forse il Chimico ha ragione. Vendiamo quella roba ai migranti, facciamoci un po' di soldi e andiamocene in Europa, ma come signori questa volta. Che ne dici, Zomer? Parigi, Londra, Roma, non ti va di visitare le tombe tristissime dei tuoi poeti?» dice ridendo.

Bevo un sorso.

«Ci pensavo giusto qualche ora fa» dico. «Non si può passare tutta la vita a prendere a botte i poveracci che vogliono passare da questa parte».

«Esatto, proprio cosí» fa Gaber. «Credi che loro vogliano cose diverse da noi? Per niente. Vorrebbero piazzarsi sulle nostre sdraio con un bel margarita ghiacciato in mano e una tipa di fianco. Noi li obblighiamo a stare di là e non ci vorrà molto a fargli venire di nuovo l'idea di mettere una bella bomba sotto le palme delle spiagge e far saltare tutto in aria. Se non possiamo venire anche noi, allora andate affanculo e bum!

«Gaber» dico fermando la sua logorrea, «non volevi dirmi qualcosa di importante?»

«Infatti» ammette lui, «sono qui per dirti che ho accettato la proposta di Silvan. Io stanotte vado a vendere le Moby Dick agli zombie. Se ci stai, dimmelo subito, se invece ti tiri indietro non ne parliamo piú».

«Io sono di pattuglia con Penelope».

«Lo so, ma non è questione solo di stasera. Ci possiamo dividere la settimana. L'affare è molto piú grosso di come ce l'hanno prospettato loro. Non si aspettavano una richiesta cosí veloce e consistente. Volendo, si potrebbe fare consegne tutti i giorni».

«Ma i soldi dove li trovano?» chiedo. «È una domanda che mi frulla nella testa dalla prima volta che ho visto quei poveracci. Non hanno niente, lo sai, come fanno a pagarsi la droga?»

«E io che ne so? Si faranno mandare i soldi dalle famiglie» dice Gaber. «Mentono, dicono che servono altri soldi per passare il Muro, che il risultato è sicuro. Ti ricordi quei due gonfi di botte che abbiamo intravisto nel capannone? Ecco, quelli hanno fatto i furbi: si sono tenuti la roba a sbafo. Ti assicuro che c'è da spremere un sacco di euro da quella gente. E se ti fai qualche scrupolo, ricordati bene con chi hai a che fare: non ci metterebbero un istante a spaccarti la testa con una pietra se li beccassi di sera vicino al Muro. Per loro sei solo un salvadanaio a forma di uomo. E poi è inutile che venga a spiegare queste cose a te. Dimmi solo se hai deciso di starci o no».

Io bevo ancora e mi sento sempre peggio. L'immagine di quei due nell'oscurità, malmenati e legati con dei fili elettrici mi torna in mente e mi fa venire i conati di vomito.

«Ho preso una Moby Dick. Me la sono ritrovata in tasca l'altra sera» dico per buttar fuori una cosa che mi stava soffocando.

«Cosa?» dice Gaber ridendo. «Sapevo che non ero l'unico coglione incapace di resistere. Silvan lo ha fatto apposta».

«Non hai paura dell'assuefazione?»

«Che cazzo me ne frega? Il chimico ce ne darà finché vogliamo. E poi, noi siamo già assuefatti a tutta la merda che ci facciamo in continuazione, una piú una meno che differenza fa? Ti dico che non sono mai stato cosí bene, cosí in forma. Fino a ieri cazzeggiavo come un coglione qualsiasi, oggi posso mangiarmi il mondo».

«Mi sa che avrei dovuto prenderle tutte anch'io» dico e nel frattempo mi chiedo se ho davvero preso quella seconda pastiglia. «Con il ramadan come farai?»

«Resisto, come sempre» dice Gaber, «è la nostra specialità, no? Il nostro spirito di corpo: piscio pulito sempre. Chi sgarra è un infame».

Rido perché questa cazzata è la prima cosa che senti dire quando entri nel corpo di guardia del Muro.

«Io ne rimango fuori, Gaber» dico d'impulso, come se quella frase ce l'avessi avuta lí da quando avevamo incontrato il Chimico e gli altri due stronzi alle Barricate.

«Perché?» chiede Gaber deluso, «anzi non dirmelo, non lo voglio sapere, non importa. Rispetto la tua decisione. Naturalmente, noi di questa cosa non ne parleremo mai piú».

«Naturalmente» dico.

«Anzi no, una domanda. C'entra Penelope?» chiede.

«In che senso?»

«Lo so, lei ti piace, e ha un po' la scopa nel culo per certe cose, e tu vuoi compiacerla».

Non ci avevo mai pensato, ma mi sento improvvisamente accaldato e capisco che ha ragione. Se non ci fosse Penelope, io avrei già in tasca quelle pillole di merda.

«Forse» dico, «ma non voglio partecipare a questa cosa».

Gaber annuisce.

«Bene cosí allora. Però dovevo dirtelo. Siamo amici, no?»

«Amici» confermo.

Finisce la birra con un piccolo rutto, saluta con un gesto della mano e se ne va. Io resto lí e penso che ancora una volta un treno mi vuole caricare e io faccio di tutto per restare a terra. Forse non voglio essere salvato, forse, se la finestra fosse aperta, farei un bel salto giú e tutto finirebbe senza il tormento crudele di pensare che domani cambierà qualcosa e che sarà migliore. Chissà dove sono adesso le due cretine dello Slot Bazar? Magari hanno dei figli e gli stanno insegnando a nuotare o sono in gita a vedere pesci colorati. Ogni tanto incrociano lo sguardo e pensano a quella volta che sono andate in una latrina a comprare droga da uno *djinn* del cazzo. Che avventura straordinaria.

Una cosa posso farla.

Vado al computer e lo accendo, apro la pagina dove Penelope nuda si sta infilando delle calze di nylon. Sembra accorgersi della mia presenza, mi sorride e dice: «Vuoi che me le sfili?» Chiudo la pagina e disinstallo il programma. Se nel mio futuro ci sarà del porno, e ci sarà, almeno non avrà piú il volto di Penelope. Prendo le poesie di Eliot, e mi immergo nella lettura. Secondo me, i poeti buoni sono una dozzina e del lavoro di quella dozzina si può scartare un buon quaranta per cento. Quello che resta però è oro puro. A un uomo può bastare un solo poeta da leggere e rileggere per tutta la vita. Io sono frenetico, leggo troppo in fretta e voglio conoscere tutto, come se, prima o poi, potessi raggiungere un punto di saturazione, conoscere tutto quello che mi serve per cominciare a vivere. Se lo scopo di leggere poesie è leggere poesie, allora tutta la mia vita è un fallimento. Passano le ore, ore inutili in cui io esisto perché respiro e mi si può trovare in un punto esatto descrivibile da coordinate matematiche ma io non ci sono davvero. Questo tempo non verrà conteggiato come significativo nella mia esistenza, sono come quella cazzo di farfalla che si è posata sul volante. Giro di qua e di là senza combinare niente di preciso e poi magari stasera due migranti mi sparano alla schiena o vado sotto una macchina o inghiotto un nocciolo d'oliva mentre mi faccio un aperitivo e muoio nel dehors di un bar come un cretino qualunque; uno *djinn*, come giustamente direbbero le due tipe di oggi.

## 17.

Mi vesto, mi lavo la faccia con l'acqua che è di nuovo marrone e vado a lavorare. Le luci della città sembrano piú brillanti del solito e io comincio a sentirmi meglio, anzi, mi sento alla grande. A dirla tutta, sono uno che spesso sta male. Non mi sveglio mai al mattino con la voglia di spaccare il mondo e pronto ad affrontare un nuovo giorno. Piuttosto amo la notte, quando tutto finisce e posso riposare per qualche ora senza pensare ai miei problemi. Stasera però è diverso, mi sembra quasi di poter dire che sono felice e la cosa mi spaventa, non ci sono abituato. Voglio rivedere Penelope; mi sembra che fare il turno di notte con lei sia la cosa piú desiderabile del mondo. Capisco di essere su di giri in maniera innaturale e penso che forse mi sono proprio fatto quella Moby Dick assieme a Ingrid Bergman. Se non sapessi che è solo un software, asseconderei l'impulso di fare una deviazione e fermarmi allo Slot Bazar per chiederle se le sta facendo effetto. Sul Muro passano immagini pubblicitarie. È il periodo di Telethon e vedo il volto gigantesco di Angela Lansbury che invita tutti a adottare un bambino.

«I muri sono dentro di noi» dice Angela, «con l'amore cadono e diventano ponti».

Segue lo spot di un pannolino per anziani.

Ricordo quando mio padre mi aveva portato a vedere l'inaugurazione del settore tre. Avevo appena compiuto sei anni, non ero abituato al caldo di quella giornata e le mutandine mi avevano segato l'interno delle cosce a causa del sudore. Muovere un passo mi provocava violente fitte alle gambe e la spessa crema biancastra che mia madre mi aveva spalmato sulla pelle non serviva a molto. Il nuovo tratto del settore tre era un capolavoro d'ingegneria. Secondo le intenzioni dell'architetto doveva essere completamente rivestito di vetro in modo che il Muro stesso sparisse dando l'illusione che il deserto si estendesse all'infinito. C'era stata una festa che era durata fino al primo pomeriggio e io avevo avuto il permesso di mangiare tutti i dolci che volevo. Sembrava una giornata perfetta, mio padre era orgoglioso di mostrarci il suo luogo di lavoro. Dopo un interminabile discorso introduttivo tenuto da politici locali e militari pieni di stellette, i grandi tendoni erano stati calati. Un miracolo: il Muro era sembrato svanire in un attimo. Gli specchi riflettevano cielo e sabbia creando una pianura assolata infinita. C'erano stati istanti di silenzio e stupore, sulle bocche dei presenti si disegnava un sorriso infantile come quando lo zio prestigiatore recupera dietro il tuo orecchio la monetina che aveva fatto svanire nel palmo della mano. Poi si era sentito un fruscio, all'inizio appena percettibile poi sempre piú forte. Infine un tonfo secco, un *plof,* una specie di cuscino bagnato che piove dai piani alti di un albergo. I colpi si erano ripetuti a gragnuola e nessuno capiva da dove venissero. Una donna aveva urlato spezzando il silenzio e poi uno scalpiccio aveva preceduto la fuga generale. Mio padre mi teneva per mano, eravamo un po' discosti dalle altre persone perché lui non riteneva elegante mischiarsi alla folla nella sua qualità di guardia muraria. Alzando lo sguardo mi ero accorto che la mamma cercava in lui una spiegazione. Rammento bene la sua bocca aperta come in attesa di fare una domanda che non era stata mai formulata. In quel momento, infatti, un grosso uccello grigio era caduto ai miei piedi. E poi un altro sulle spalle della signora che avevamo di fronte. Uno stormo di uccelli diretti verso il mare si stava schiantando sui vetri del Muro e ricadeva a terra in una poltiglia di sangue e piume. Eravamo fuggiti e i miei mi avevano offerto un'aranciata. I vetri del settore tre erano stati oscurati con uno strato di plastica e l'idea degli specchi accantonata per sempre.

Ogni tanto sogno ancora il giorno degli uccelli.

Vado dove il Muro diventa scuro, dove i neon sono solo un riflesso colorato che proietta strane ombre nel deserto. Tiro fuori il badge ed entro; ho solo venti minuti per cambiarmi e scendere ai pick-up dove troverò Penelope che mi aspetta con una tazza enorme di caffè in mano. Non beve neanche un sorso finché non mi vede arrivare. Una volta ero in ritardo a causa di un tamponamento e la strada era bloccata. Il caffè era ghiacciato ma lei non lo aveva toccato. Lo abbiamo bevuto freddo tutti e due e questa e una cosa che ti fa un gran bene, soprattutto quando dipendi dai colleghi per la tua vita. Penelope è appoggiata al pick-up, bella e nervosa come al solito. Forse stasera c'è qualcosa che non va perché vedo che gioca con una ciocca di capelli, un gesto che non le avevo mai visto fare prima. Mi vede e mi sorride in quel suo modo particolare, come se tendesse le labbra senza azzardarsi ad aprirle. Mi porge la tazza di caffè e partiamo. La radio trasmette musica country che a lei non piace.

«Mi chiedo perché c'è sempre questa lagna, non siamo mica cow-boy» dice bevendo dalla tazza che sembra enorme rispetto al suo viso minuscolo.

«Fa tutto parte della messinscena» dico. «Siamo nel deserto, no? Come nei film americani. I turisti adorano questa musica».

«Io non sono una cazzo di turista».

Vorrei sapere cosa la rende tanto irritabile ma non oso chiederglielo. Viaggiamo in silenzio, ascoltando tristi storie di donne abbandonate dai mariti o di rapporti finiti a causa dell'alcol. La slide guitar si mescola alla voce che recita la preghiera serale perché la ricezione della radio è pessima. Ogni tanto la stazione della centrale si inserisce, avvertendo di movimenti sospetti o di tagliole scattate. Per fortuna, tutto avviene in zone distanti da noi per cui non siamo tenuti a intervenire. Arriviamo in uno spiazzo su un'altura dalla quale si ha una buona vista del territorio circostante. Da quella posizione, con gli occhiali a infrarossi teniamo d'occhio una bella fetta di deserto. Ci fermiamo per una sigaretta. Se non ci sono chiamate, ci aspetta una nottata tranquilla e chissà che non riesca a dirle qualcosa di quello che sento perché stasera sono su di giri e tutto può succedere.

«C'è una poesia per una cosa cosí?» dice Penelope indicando l'azzurro che si stende oltre noi.

Le creste lontane delle rocce sono di un blu piú intenso e il silenzio è rotto da qualche lontano latrato. In questa zona non portiamo i cani, non ce n'è bisogno. Che io sappia, nessuno ha mai provato a passare da qui: troppe tagliole, nessun posto dove nascondersi.

«No» rispondo, «non c'è».

In realtà di versi me ne verrebbero in mente moltissimi ma non voglio fare sfoggio di cultura con lei e poi, in un certo senso, è vero. La sua presenza, il corpo di Penelope in questa marea azzurra, è ineguagliabile e indescrivibile. Le cose sono piú della poesia. Avrò bisogno dei versi dopo, quando tornerò a casa. Mi mancherà da morire questa notte e mi ci vorranno le parole giuste, esatte, che mi restituiscano almeno un briciolo di quello che sto vivendo ora e che non riesco a gustare appieno.

«Gaber è davvero tuo amico?» mi chiede all'improvviso. Il fumo della sigaretta le incornicia il viso rendendola uno spettro.

«Come mai lo chiedi? Cosa cavolo c'entra Gaber adesso?»

«Non è che ha intenzione di fare qualche cazzata?»

Capisco subito che sa qualcosa, ma io non aprirò certo la bocca.

«Non è che vuole fare una solenne cazzata stasera?» insiste Penelope.

Io guardo lontano. Perché le cose non sono mai come le immaginiamo?

«Franco, ascoltami» dice Penelope chiamandomi per nome. «A me di Gaber non frega niente e lo sai. Ma non vorrei che ti facessi tirare dentro in qualcosa di brutto».

Mi giro e guardo in quella bellissima faccia. Vuole dirmi qualcosa ma non può essere chiara. Devo essere io a capire.

«Gaber è in pericolo?» chiedo.

Penelope non risponde e io improvvisamente ho paura.

«Io non c'entro in questa storia» mormoro in fretta. «Ho detto no».

Lei mi prende le spalle con le mani. È la cosa piú simile a un abbraccio che si possa concedere. Fa un sospiro lunghissimo come se si fosse dimenticata di respirare per mezz'ora.

«Io lo sapevo» dice stringendo le dita sulla stoffa della mia divisa. «Lo sapevo».

«Sei del Controllo?»

Penelope si gira e guarda il deserto.

Devo avvertire Gaber. Non lascio quella testa di cazzo nelle mani del Controllo. Se aprono un procedimento rischia la pena capitale. Prendo il cellulare e faccio il suo numero ma ovviamente non è raggiungibile. Lo immagino già alle Barricate, fatto come un mulo, che si prepara a vendere una montagna di pasticche agli zombie.

«Devo avvertirlo» dico a Penelope. «Quando vanno a prenderlo?»

«Lo sai che non posso dirtelo» risponde. «Ormai è troppo tardi. Lascia perdere».

«Da qui, in un quarto d'ora posso arrivare a Kadjouine. Prendo il pick-up».

«Picchiami» dice Penelope con una voce strana, quasi dolce e arresa.

Io non capisco.

«Se hai deciso di andare, picchiami. Colpiscimi in faccia con il manganello. Se torni, mi offri una birra e dimentichiamo tutto ma se ci fossero problemi...»

Alza il viso verso di me. Sul collo bianchissimo pulsano le vene e sento il suo respiro mentre mi guarda dritto negli occhi.

«Non posso farlo» sussurro.

Sono a pochi centimetri dalle sue labbra.

«Non essere stupido. Colpiscimi. Fai in fretta».

Estraggo il manganello dalla fondina. Non posso credere al movimento delle mie mani. Penelope non emette nessun suono. Alza solo una mano come per toccarmi il viso ma non lo fa.

Si accascia a terra con un gemito.

Salgo sul pick-up e mi dirigo a Kadjouine. Il volto di Penelope si stava già gonfiando e sono stato io. Volevo baciarla e l'ho colpita. Sono uno stronzo. Vado veloce ma non esagero perché siamo monitorati. Nessuno controlla davvero dove andiamo, sarebbe troppo costoso, ma se le nostre macchine mostrano delle irregolarità, come per l'appunto una velocità fuori dal comune, veniamo subito segnalati al centro di controllo. Devo solo arrivare alle Barricate, sedermi vicino a Gaber e sussurrargli di filare. Poi mi alzo e me ne vado. Lascio che lui corra al cesso a buttare le pastiglie e, quando esce con la faccia bianca come uno straccio, io non ci sono già piú perché sto tornando da Penelope. Poi, domani gli faccio il culo e gli dico di tenere acceso quel cazzo di cellulare. Il colpo che ho dato a Penelope mi sta facendo un male cane. Non mi capacito. Il suo dolore, l'espressione sul suo viso prima di cadere a terra mi sta uccidendo. Devo tornare in fretta, non può restare a lungo sola nel deserto. Prima o poi chiamerà i soccorsi. Qualcosa succede dentro di me ora che sto guidando perché mi sembra di essere il pilota piú abile dell'universo. Il pick-up asseconda la mia guida in maniera perfetta e non prendo una buca o un sobbalzo nemmeno per sbaglio. È ancora l'effetto della Moby Dick che mi nuota dentro. Se guardo gli arbusti che ogni tanto sfrecciano fuori dal finestrino mi sembra di vederne ogni singola fogliolina neanche avessi una lente d'ingrandimento incastonata nel cranio. È roba davvero potente. Mi perdo nei miei ragionamenti e mi ritrovo già in vista di Kadjouine. Quel poco di lucidità che ancora mi rimane mi suggerisce di parcheggiare lontano dal locale. Esco dall'auto e vengo assalito dalla solita ondata di calore che mi blocca il respiro. Non ci si abitua mai. Mi lecco le labbra e vado alle Barricate. Dentro c'è poca gente e mi ci vuole un attimo per capire che Gaber è già partito. Probabilmente sta canticchiando sul suo pick-up mentre vola dritto tra le braccia del Controllo. Non so cosa fare, non posso uscire subito senza destare sospetti, cosí mi siedo e ordino una birra. Magari Gaber è in ritardo. Mentalmente gli do dieci minuti, poi mi alzo e torno da Penelope. Ogni secondo che passo qui dentro è un pericolo per me e per lei. Infilo la lingua nella birra per raffreddarla un po' e sento qualcuno che mi posa una mano sulla spalla.

«Il tuo amico non c'è?» chiede un tizio talmente magro che sembra l'abbiano lasciato fuori a seccare.

Si siede al mio fianco e, assieme a lui, si accomodano altri tre uomini smilzi in giacca e cravatta. Portano anche un cappello grigio e anelli dorati alle dita. A uno di loro manca il mignolo. Sembrano degli assicuratori che hanno deciso di uccidere i loro clienti.

«Ci siamo già visti?» dico mettendo in mostra il chip che ho nel polso.

«Lo sapresti» dice il magro. «Noi cerchiamo Gaber. Il tuo amico greco».

«Non so dove sia».

Senzamignolo mi mette la mano sul braccio e io vedo la testolina cieca del moncone che si muove come una lumaca sulla mia pelle.

«Gaber ci ha fatto un torto. E anche tu ci offendi

se non ci dici dov'è andato. Non è molto bello fare torti agli sconosciuti, non trovi?»

Arriva la cameriera e porta quattro bicchierini di un liquore giallo e denso che nessuno ha ordinato. Il magro ne butta giú uno tutto d'un fiato. Nella bottiglia c'è un lungo verme, una specie di millepiedi, che zampetta contro il vetro. Mi chiedo come faccia a respirare.

«Sono una guardia del Muro come puoi notare» dico accarezzando il taser. «E non ti ho fatto nessun torto».

«Può essere» ammette il tipo, «magari tu no, ma il tuo amico si è messo in testa delle strane idee».

Il locale si è svuotato. Siamo rimasti solo noi quattro e questo è un pessimo segno. Ho paura e ho paura che si veda. L'uomo che mi interroga si versa un'altra dose di liquore, poi, con un gesto secco che mi fa sobbalzare, rovescia il contenuto della bottiglia sul tavolo. Il liquore, si spande dappertutto e mi bagna i pantaloni. Faccio per alzarmi ma vengo schiacciato sulla sedia da una forza enorme. Il millepiedi si contorce sul ripiano di legno, lo smilzo lo afferra e se lo posa sul dorso della mano.

«Cosa vi ha fatto Gaber?» chiedo mentre provo ancora ad alzarmi.

«Ga-ber» sillaba il magro come se mangiasse un'arancia andata a male. «Sembra un nome da francese, no? Lo sapevo che un italiano si faceva i cazzi suoi e non veniva a disturbare gli affari di Momo».

Momo Madjer gestisce la droga a Kadjouine. Lo sanno tutti. Anche io e Gaber lo sappiamo ma siamo due coglioni.

«Quello stronzo di Silvan» continua il magro. «A proposito, hai notato che tutti quando parlano di lui cominciano sempre la frase dicendo: quello stronzo? Non è bello, non trovi? Se tutti la pensano cosí, deve essere proprio un grandissimo pezzo di stronzo».

Gli altri ridacchiano. Il mignolo senza testa dell'uomo alle mie spalle osserva il millepiedi con i suoi occhi ciechi.

«Quello stronzo del Chimico, dicevo» continua, «ci rompeva già le palle da un po' con i suoi piccoli traffici ma Momo diceva di lasciarlo stare, di non farci caso. È pur sempre una guardia del Muro, no? Momo è un uomo di mare e sa che ci sono i pesci grossi e i pesci piccoli. Il pesce grosso non li vede neppure quei cazzo di micropescetti che gli nuotano intorno. Sono come lo smog. Esiste, lo sappiamo, e ce lo respiriamo pure, basta che non diventi troppo fastidioso. Se cominci a far fatica a respirare devi prendere dei provvedimenti, non ti pare?»

«Gaber non c'entra con Momo Madjer» dico.

«Non lo stabilisci tu chi rompe le palle a Momo».

Adesso c'è un momento di silenzio in cui nessuno sa di preciso cosa sta per succedere e io dovrei avere un'idea brillante per togliermi di torno. Ma non ho nessuna idea e allora tutto procede come deve, cioè verso il peggio. Il magro mi mostra il millepiedi che si è allungato sul suo dito indice.

«Lo sapevi che questi vermi, a forza di stare nella bottiglia, si impregnano talmente di liquore che diventano fradici? Dicono che se ne inghiotti uno ti ubriachi all'istante. Come bere due o tre bottiglie tutte d'un fiato. Ahmed una volta ha provato, vero?»

L'uomo senza dito annuisce alle mie spalle. Lo capisco perché si scuote tutto dalle risate.

«Non si esprime molto bene in italiano, devi scusarlo» continua l'uomo che mi sta di fronte. «Era talmente fuori che ha perso un dito e non si ricorda nemmeno come ha fatto».

Altre risate. Io devo andare in bagno. L'uomo mi avvicina il millepiedi alla bocca.

«Magari ti è venuta voglia di provare. Che ne dici? Dov'è il tuo amico Gaber?» mi chiede il magro che sembra essere l'unico dotato di parola.

«Pensavo lo sapeste voi».

Il tempo di pronunciare queste parole e Gaber entra nel locale con un sorriso da scemo stampato in faccia. Dietro di lui ci sono due uomini con la divisa del Controllo.

«Cazzo ci fai qui?» lo sento dire prima che il dolore e il buio mi schiaccino a terra.

## 18.

La fronte mi scoppia. Mi hanno sparato? Non riesco a muovermi e sento il rumore di un furgone. Ho un sacco sulla testa e ogni volta che l'autista prende una buca un milione di spilli mi forano gli occhi. Perdo i sensi e quando torno in me sono nel deserto, sdraiato a terra. È notte. Il blu del deserto mi è estraneo. Per la prima volta non riesco a orientarmi, è come essere in mezzo al mare, sballottato dalle onde, in attesa che una barca venga a salvarti. Il dolore al polso mi fa alzare la manica della camicia. C'è un grosso pezzo di scotch marrone, di quello per chiudere i pacchi, avvolto attorno al mio braccio. Lo tolgo con uno strappo secco e il sangue cola lungo la mano. Con un coltello mi hanno estratto il chip. La ferita non è profonda ma fa molto male. La tampono con il fazzoletto. Non ho il taser e anche la pistola è sparita. Mi accuccio per terra e mi stringo le ginocchia al petto. Ho freddo. Dal chiarore che comincia a illuminare il paesaggio, ma forse sono solo i miei occhi che si stanno abituando all'oscurità, deduco che siamo in prossimità dell'alba. In una tasca sento un rigonfiamento familiare. Mi hanno lasciato il libro della ragazzina. In qualche modo la sua presenza mi rassicura. Mi sento meno solo. Penso a Penelope che ormai avrà chiamato i colleghi e starà mostrando il suo viso gonfio. Per me è finita. Adesso però è importante capire dove mi trovo. Non vedo il Muro. Non mi era mai successo prima. Di solito si vede anche a distanza di chilometri. Devono avermi portato molto lontano. Mi chiedo perché non mi abbiano ucciso ma la risposta è ovvia. Sono una guardia in divisa, senza armi né chip, in mezzo al deserto: sono già morto.

Mi devo basare sul sole, non possono aver viaggiato per piú di un paio d'ore. Devo dirigermi a nord e, prima o poi, troverò il Muro. Cosa dirò una volta arrivato lí è un problema che in questo momento non credo di aver la forza di affrontare. Comincio a camminare tenendo il chiarore alla mia destra. È davvero l'alba perché le cose cominciano a spuntare dal blu come se avessero finto di mimetizzarsi con il nulla. Ho già sete anche se fa freddo. Il mio cervello anticipa la voglia di bere che mi verrà tra poco quando il sole comincerà ad arroventare il mondo. Spero solo di non sbagliare direzione. La gola è sempre piú secca, ho bisogno di qualcosa subito. La mia mano, d'istinto, fruga nelle tasche alla ricerca di qualche pastiglia. Con le unghie tasto qualcosa, un pezzettino duro. Lo estraggo con cautela ma non riesco a capire di preciso che cos'è. Potrebbe essere una briciola, un resto del kebab che ho mangiato assieme a Penelope, oppure un frammento di Moby Dick, forse quella che devo aver spezzato per sbaglio mentre giocavo con Ingrid Bergman. Nel dubbio la inghiotto. Non sa di niente. Spero con tutte le mie forze che sia droga, una sostanza qualsiasi che mi faccia partire subito il cervello. L'idea di camminare per ore mi fa impazzire. Non pensavo di essere cosí fragile. Mi viene da pisciare e allora la faccio rivolto verso il sole. Il rumore dello scroscio mi ricorda che non c'è acqua da nessuna parte. D'istinto accelero il passo, voglio arrivare il piú velocemente possibile in un luogo sicuro ma poi mi sforzo di rallentare. Devo mantenere un'andatura costante. Penso che se fossi in un film o in un gioco della Play, adesso dovrebbe succedere qualcosa, uno scontro a fuoco, oppure un elicottero che passa al quale potrei fare dei segnali, ma non succede nulla. Solo deserto a perdita d'occhio. Adesso vedo con chiarezza il paesaggio attorno a me: sabbia, pietre e arbusti. Una distesa pianeggiante dove lo sguardo si perde in lontananza. E il Muro non si vede, come non ci fosse mai stato. Mi chiedo a cosa pensano quelli che passano di qui. Quando, all'improvviso, la mole di cemento comincia a intravedersi devono provare una felicità immensa. Sono infine arrivati in un luogo. C'è qualcosa piuttosto che il nulla.

All'uomo a volte basta questo.

Forse il mondo è nato cosí: dio ha messo un Muro in mezzo al nulla. Una cosa. *Cosa* è l'anagramma di *caos.* Non ci avevo mai pensato. Sono le cose che ci determinano. Non possediamo gli oggetti ma siamo noi che esistiamo tramite loro. Io sono il mio pick-up, il mio taser, il mio chip. Adesso sono la mia divisa da guardia muraria. Se me la togliessi e restassi nudo chi sarei? Avrei ancora il diritto di chiamarmi Franco Zomer o sarei semplicemente nessuno? Cammino e la sabbia mi entra nelle scarpe. Mi devo fermare per toglierla. La guardo scorrere come se fosse acqua solida e ricongiungersi con quella del terreno dove si camuffa immediatamente. È quello il suo posto, nemmeno la sabbia vuole stare davvero con me. Mi piacerebbe sapere che ora è ma non ho piú il cellulare. Vorrei capire da quanto tempo sto camminando, ho provato a contare i passi ma mi confondo. Sudo freddo e ho la bocca impastata. Oggi comincia il ramadan, me l'ero dimenticato, quindi è giusto che non abbia niente da farmi. Nell'urina di poco fa doveva esserci una concentrazione di droga niente male. Arrivo a una macchia di arbusti un po' piú grande delle altre. Se sono fortunato troverò dell'acqua. Adesso il sole è ben visibile in cielo e comincia a scaldare. Mi lego il fazzoletto sulla testa ma non serve a molto e poi mi cade di continuo per via del sudore. Ho una voglia matta di sedermi e aspettare che passi qualcuno, come se questa fosse una strada di campagna e potessi mettermi sul ciglio per fare l'autostop. Mi sforzo di proseguire, un passo dopo l'altro. La sabbia è diventata sottile come talco, procedo a fatica perché mi riempie le scarpe ogni quindici, venti passi. Il Muro ancora non si vede e mi pare impossibile. Qualcosa sembra muoversi davanti ai miei occhi, una specie di nuvoletta nera sospesa a un metro e mezzo d'altezza. Sono in piena astinenza e sono ancora abbastanza lucido per saperlo. Probabilmente è solo un'allucinazione dovuta al sole e alle sostanze che gridano nel mio sangue. Mi avvicino, tanto che altro ho da fare? La nuvola sembra prendere maggiore consistenza. Se è un'allucinazione, è fatta davvero a regola d'arte. Sento anche un ronzio in sottofondo, come quando lasci l'auto in folle. Prima di raggiungerla devo fermarmi un paio di volte per togliermi la sabbia dalle scarpe. È sospesa sopra una macchia di rovi marroni con chiazze verde scuro. Qualcosa mi tocca il viso e la scaccio con il dorso della mano. È un moscone. Bello grosso anche. La nuvola esiste davvero ed è composta da insetti che ronzano su un mucchio di stracci che una volta conteneva un uomo. Nei rovi c'è una tagliola e questo fatto mi dà una gioia immensa. La presenza della tagliola significa che il Muro non può essere lontano. Le tagliole vengono controllate regolarmente, quindi, prima o poi, un pick-up passerà di qui e mi troverà. L'unico problema è che a volte passano piú di quindici giorni prima che si controllino le tagliole lontane e allora io sarò già morto. Frugo nelle tasche del cadavere anche se il puzzo mi dà il voltastomaco. È un ragazzo di circa venticinque anni e ha solo un paio di jeans e una maglietta azzurra. Non ha scarpe e questo mi fa pensare che gliele abbiamo portate via perché non riesco a capacitarmi che si possa attraversare il deserto senza scarpe. Nella tasca posteriore dei pantaloni ha solo un foglietto con una specie di pentacolo disegnato a matita, forse un portafortuna che non ha avuto molto successo. Lo infilo nel taschino della camicia e mi allontano, poi un'idea improvvisa mi fa tornare e con le mani scaccio le mosche. Volto il corpo con un piede, era sdraiato su un fianco, e, schiacciato sotto la spalla, trovo un pacchetto di sigarette che il ragazzo portava arrotolato nella manica della T-shirt. Mi allontano con una sensazione di gioia che non avevo mai provato prima e ne accendo subito una. L'accendino è dentro il pacchetto. Faccio il primo tiro e mi sento subito meglio. Se devo morire, è tutta un'altra cosa farlo con una bella sigaretta stretta tra le labbra. Mi siedo a gambe incrociate per gustarmela meglio e tiro fuori il libro che mi ha lasciato la ragazzina; alcune parti ormai le so a memoria.

*In principio il mondo era caos senza forma e lo spirito aleggiava sull'abisso, ma l'abisso non era vuoto. Nuotava in esso la grande Balena, il mostro marino non creato, esistente oltre il tempo. Dio disse alla Balena: «Scostati, perché la mia volontà desidera il cielo e la terra, voglio che esista la luce e la tenebra, intendo popolare il mondo di esseri viventi che lodino il mio nome e tu non ne puoi far parte perché non mi riconosci». La Balena tacque perché era piú vecchia del linguaggio e scese ancora piú in profondità finché scomparve nel buio dell'abisso. Dio, non vedendola piú, perdonò la Balena e se ne dimenticò. Da allora essa continua ad aggirarsi, inconsapevole, nel mondo da Lui creato.*

Salto qualche pagina; ho la testa confusa.

*Allora Dio decise di fare l'uomo a sua immagine e somiglianza, ma vide che l'animo dell'uomo era oscuro. Egli infatti rubava le greggi altrui, incendiava i covoni e uccideva gli animali per scrutarne le viscere. Creò dunque la donna per dargli pace e li pose in un giardino dorato, dove il latte scorreva nei fiumi e il miele colava dalle piante. La donna si offriva nuda ai raggi del sole e il Serpente giocava tra i suoi seni. Mangiavano frutti deliziosi e i pensieri oscuri non trovavano casa nella loro mente. Un giorno, l'uomo e la donna sedettero sulle rive di un lago e, guardando nell'acqua, videro due esseri simili a loro. L'uomo disse: «Lei è piú bella di te». La donna tacque, ma nel miele crebbero centinaia di formiche.*

Avanti.

*Dio, in preda alla tristezza, si sedette in riva al mare e pensò con nostalgia alla Balena. Sottrasse cosí il suo spirito agli uomini e la loro vita si accorciò come una candela che bruci tutta la notte. La paura della morte non cambiò il cuore dell'uomo e non lo rese devoto. Egli, al contrario, cominciò a detestare Dio. Novantadue anni è la vita dell'uomo. Il suo timore ne dura ottanta. Il desiderio pochi minuti. La felicità nessuno la conosce.*

Ancora.

*Il Signore di tutte le cose disse alla Balena: «Tutti gli uomini che mangerai e che potrai contenere nel tuo ventre saranno salvati. Il loro numero è diecimila. Gli altri co-*

*nosceranno la solitudine e vedranno solo la mia schiena per l'eternità».*

Non riesco piú a leggere perché il sole e troppo forte e mi fa male la testa. Inoltre, la sigaretta mi ha peggiorato la sete e adesso smanio per un goccio d'acqua. Non so se mi devo allontanare da qui o se mi conviene aspettare che qualcuno venga a controllare la tagliola. Non credo di avere molta scelta. La mia capacità di resistenza sotto il sole, senza acqua né protezione non può durare a lungo. Finirò la sigaretta e poi andrò avanti finché ce la farò. Quando non avrò piú un briciolo di forza, mi siederò, fumerò tutte le sigarette e sarà finita. Mi alzo e comincio a camminare. Se il cadavere non mi avesse fatto cosí schifo avrei potuto prendere i suoi vestiti, invece adesso mi tocca andare avanti con questa divisa che qui non vale proprio nulla. Penso a Penelope e alla sua bellissima faccia. Mi piacerebbe che ci fosse una specie di gioco della Play come quello di Casablanca nel posto dove andrò. Al posto di Ingrid Bergman però vorrei che ci fosse Penelope. Potrei parlarle senza sentirmi brutto o goffo. Mi aveva chiesto se c'era una poesia che potesse dare conto del blu del deserto e io le ho detto che non c'era. Se adesso potessi sforzare la mia mente sono sicuro che la troverei. La poesia è piú forte della realtà, questo ho sempre pensato. Adesso è il momento di trovare una conferma alla mia teoria. Apro il libro e comincio a camminare leggendo. *Un grande vento si levò dal mare quando la Balena andò nel mondo emerso a cercare gli uomini. Gli animali fuggirono dalla foresta e gli uccelli caddero dal cielo come olive dalla pianta. I pesci, sbalzati fuori dall'acqua, saltarono impazziti sulla spiaggia e i marinai ne raccolsero piú di mille ceste quando finalmente il mostro, deluso, si ritirò: gli uomini erano poca cosa.*

Leggo oltre.

*Essi costruivano torri alte come il cielo e coglievano frutti dalle stelle. Con grandi navi solcavano i mari, veloci come la tempesta. La Balena non li sentiva, erano come insetti su foglie lontane. Di tanto in tanto emergeva per cercare gli uomini e le navi affondavano, ribaltando il proprio carico in acqua. Le torri crollavano rovinosamente a terra trascinando con sé pianeti e code di comete. Un pezzo di stella, cadendo, oscurò il cielo per anni e gli esseri viventi perirono in grande quantità. Il Mostro Marino continuò la sua corsa senza pensieri nel profondo degli abissi divorando quanti piú uomini poteva. Infine il Signore decise di distruggere il mondo che aveva creato perché l'uomo lo aveva reso ingiusto e crudele. Andò quindi su una montagna altissima e alzò la mano. Le nuvole obbedivano ai suoi gesti come leoni ammaestrati. Stava per scagliare la sua folgore sulla terra quando si ricordò della Balena in fondo al mare. Ne ebbe pietà e, a causa sua, rinunciò al suo proposito.*

Quante cazzate. Passa del tempo, un'ora forse o due o mille, e sento che sto per svenire. Il bianco abbacinante della distesa diventa nero e all'orizzonte intravedo il Muro. Forse è solo l'ennesimo inganno del mio cervello ma non ho tempo per approfondire. Mi gira la testa. Svengo.

## 20.

«Sei un *djinn* fortunato» dice una voce. «Il libro ti è finito in testa e ti ha protetto il cervello. Non ti ha lasciato bollire».

Apro gli occhi e vedo un ragazzino di circa dieci anni che sta arrostendo un coniglio infilzato su uno spiedo di fil di ferro. Apro la bocca ma non esce nessun suono, mi sembra piena di sabbia bollente.

«Non ti sforzare. Devi bere, ma noi acqua ne abbiamo poca. Te ne sei già scolata fin troppa».

Lascio ricadere la testa all'indietro e comincio a sognare per qualche istante. Credo di scivolare lungo il nastro d'asfalto di un'autostrada come se fosse il toboga di un parco dei divertimenti. Riapro gli occhi e il ragazzino è ancora lí.

«Mi piace il tuo trucco» dice. «La divisa stracciata, intendo. E anche il polso ferito. Vuoi far credere che ti hanno strappato il chip? Guarda però che sta facendo infezione. Avresti dovuto disinfettarla».

Mi guardo il braccio e vedo che è gonfio e rosso come se stesse covando un criceto.

«Loro volevano tagliarlo e fare uscire il sangue, ma io gli ho detto di lasciar perdere. Non mi fido dei negri».

Un rumore di rami spezzati mi fa voltare la testa e vedo due uomini di colore che stanno cuocendo qualcosa accoccolati a terra. Riesco a sussurrare qualcosa di indefinibile che lui interpreta come una domanda.

«E che ne so?» dice. «Sono due senegalesi. Parlano solo wolof, non ci capisco niente. Non sono arabi come noi ma almeno siamo tutti musulmani. Ci aiuteranno, credo».

Lui pensa che io sia arabo. Bene.

«Volevano ucciderti, sai?» continua il ragazzino. «La divisa del Muro fa schifo a tutti. Dovevi aspettare a mettertela. Ci sono almeno altri due giorni di cammino prima di arrivare alla breccia. È un miracolo che non ti abbiano accoltellato».

Forse riesco a dire qualcosa. In arabo.

«Come hai fatto a fermarli?»

«Bene, vedo che stai meglio. Come ho fatto? Quelli avevano già il coltello in mano e ti avrebbero aperto dalle palle alla gola solo per il gusto di vedere se una guardia della Migra nelle vene ha sangue o merda. Ma io ti avevo frugato nelle tasche. Senza rancore, eh? Sembravi morto e seccato dal sole».

Lo guardo e vedo che ha una maglietta da calcio del Barcellona e un paio di pantaloni di tela. Sembra davvero un bambino.

«Comunque non avevi niente e io ero già triste perché speravo almeno di trovare qualche sigaretta. Poi ho visto il segno del Serpente».

«Cosa?»

Lui tira fuori dalla tasca il foglietto di carta con il pentacolo che ho preso al cadavere mangiato dalle mosche e me lo sventola davanti.

«Il lasciapassare del Serpente» dice sorridendo. «Con questo non ci ferma nessuno al Muro. E allora ho capito che eri un arabo come me, travestito da stronzo. I senegalesi sono quello che sono ma hanno una paura matta del Serpente, lo rispettano. Dovevi vedere come hanno subito messo via i coltelli. Chi è protetto dal Serpente non si tocca».

Si alza e mi viene vicino con aria complice.

«Io ti ho salvato la vita, questo lo capisci, vero?» mi sussurra. «Quei due tra poco ci mollano, lo so. Non volevano avere un bambino tra le palle e adesso non vogliono certo aggiungerci un arabo mezzo morto. Loro pensano di passare dalla breccia ma io so che è solo una leggenda. L'unico modo sicuro di andare di là è avere la protezione del Serpente. Adesso mi devi promettere che mi porterai con te e non mi fregherai appena saremo in vista del Muro. La tua vita varrà pure qualcosa, no?»

Mentre parla mi rimette in tasca il foglietto prezioso.

«Avevo pensato di fregartelo e di usarlo io» aggiunge. «Ma ho capito subito che era una cazzata. Insomma, io sono solo un ragazzino. Che ne so? Tu fai finta che sei mio padre o mio fratello. Inventati qualcosa. Io devo andare in Francia. Ho un paio di zii a Lione che mi prenderebbero con loro. Che ne dici?»

Io non dico niente. Svengo.

Quando riapro gli occhi, l'odore del coniglio arrosto è cosí buono che mi vengono le lacrime. Mi sembra di stare meglio e riesco ad alzarmi e ad andare a sedermi con loro. Il ragazzino si chiama Bashir e mi sembra piú grande di come lo ricordavo. Adesso penso abbia quattordici anni. I due neri invece sono giganteschi e nel blu della sera sembrano statue di legno. Non mi sorridono e mi offrono acqua e un pezzo di coniglio che divoro in un attimo.

«Hanno paura di te» dice Bashir. «Pensano che tu sia sacro, o maledetto».

«Perché?»

«Ti pare che lo posso sapere? Parlano solo wolof, ti ho detto. Lo capisco perché cercano di evitarti. E poi il tuo polso si è sgonfiato. Pensano che sia una magia».

È vero. Il mio braccio è normale.

«Se ne sarebbero andati anche prima, mentre dormivi, ma pensano che sia meglio onorarti con il cibo in modo che tu non ti offenda con loro e lo vada a riferire al Serpente».

Parlo ai due senegalesi. In qualche modo scopro di sapere qualche espressione in wolof.

«Quanto dista il Muro? Due giorni?»

Gli uomini si guardano, poi uno dei due bofonchia qualcosa con la bocca piena e indica davanti a sé. Dice che il Muro è vicino, ma non si può andare diritti: ci prenderebbero subito. Bisogna seguire la strada che hanno segnato gli altri. Andare avanti e tornare indietro. Non bisogna lasciare credere al Muro che vogliamo passare. Bisogna corteggiarlo.

«Parli la loro lingua» dice Bashir. «Perché non me lo hai detto prima?»

«Non lo sapevo» rispondo. Ed è vero. Se devo essere sincero, non sapevo neppure di parlare l'arabo. Deve essere un effetto delle Moby Dick anche se non si è mai sentito di una droga che ti faccia apprendere le lingue. Traduco a Bashir cos'hanno detto i due africani.

«Non ti fidare di loro» mi dice il ragazzo. «Vogliono sbarazzarsi di te. Hanno paura, te l'ho detto. Meno gente arriva al Muro e meglio è. Ci sono piú possibilità. Digli che noi vogliamo andare per la via diretta».

«Sono stanco, Bashir» dico perché ho la testa che mi scoppia. «Mi riposo ancora un po' e domani ne riparliamo».

Uno dei neri mi dà ancora un sorso d'acqua. La mia mano, per caso, scorre sulla stoffa della camicia e sento un rigonfiamento. Frugo all'interno e trovo una Moby Dick.

«E questa cos'è? Me l'hai messa tu?»

Bashir fa una faccia offesa e stupita, mentre i due neri si alzano in piedi farfugliando agitati una parola incomprensibile.

«Non capisci?» mi dice. «Credono che tu sia il Serpente. E poi hai il libro con te».

Mi alzo in piedi ma i due indietreggiano spaventati. Allora mi vado a sdraiare dov'ero prima e mando giú la pastiglia. Non credo che in questa situazione possa fare alcuna differenza. Bashir si accoccola accanto a me.

«Come hai fatto a fare apparire la droga del Muro? Ma allora sei davvero il Serpente?»

«Non so di che parli».

«La pastiglia bianca. La conosciamo tutti. È fatta dal Serpente con le sue mani. Se la prendi puoi capire tutto del Muro. Ti guida verso di lui e te lo fa attraversare. Dicono che ti fa evitare le tagliole e ti rende invisibile ai guardiani della Migra. Ti fa sognare la Balena».

«Conosci... il libro?»

«Tutti lo conosciamo. È la Balena che butterà giú il Muro e ci farà passare tutti».

«Non devi credere a queste cazzate» gli dico mentre sento una sonnolenza pesante schiacciarmi le palpebre. «Io sono una guardia della Migra, non striscio per terra e non ho veleno nei denti».

Bashir sorride furbesco e mi si sdraia accanto.

«Portami con te. Con la droga del Serpente non avremo nessun problema. Tu dormi e stai tranquillo. Ai negri ci penso io. Domani attraverseremo il Muro insieme.»

# 21.

Mi addormento e in un attimo sento le mani di Penelope sulla mia nuca. Mi sta chiamando. Il suo viso è cosí vicino che sento il suo respiro scaldarmi la bocca.

«Zomer. Zomer rispondimi, ti prego!»

«Che c'è» dico con una voce sottile che non sembra la mia, pare che provenga dall'interno di una casa dalle pareti molto spesse.

«Ti sei svegliato, meno male» dice lei. «Avevo paura che fossi morto. Ho chiamato l'ambulanza. Come ti senti?»

«Sto sognando, credo».

Penelope sorride e io mi sento bene con le sue piccole mani che mi accarezzano la nuca.

«Stavamo parlando di Gaber e sei crollato a terra di colpo. Un colpo di fucile, forse. Perdi sangue».

«Gaber è morto, Penelope».

«Ma che dici?»

«E anche il Chimico, probabilmente. È stato Momo Madjer».

«Zomer, stai delirando. Adesso arriva l'ambulanza».

«Lascia stare. Credo di essere morto anch'io. Gli uomini di Momo non perdonano. Volevo solo dirti due cose: io sono il Serpente; non lo sapevo prima di stanotte. E poi...»

# 22.

Mi sveglio ed è quasi l'alba. Bashir mi sorride e indica un punto in lontananza. Cerco di mettere a fuoco e, sulla linea dell'orizzonte, vedo una strisciolina scura. È il Muro, non ci sono dubbi. Mi alzo in piedi e mi sento molto meglio, pieno di energie. Il coniglio di ieri sera mi ha fatto un gran bene. Vedo tutto piú nitido e noto le scaglie di una piccola lucertola che si sposta lentamente su una roccia vicino al nostro accampamento di fortuna.

«Dove sono i due senegalesi?»

Bashir scrolla le spalle. «Se la sono filata appena hai cominciato a russare. Ma io mi sono fatto lasciare questi» dice con aria furba.

Mi mostra due pezzi di carne essiccata e una borraccia piena d'acqua.

«Come hai fatto?»

«Gli ho detto che era il pegno che dovevano pagare al Serpente. Gli ho promesso che non li avresti seguiti e che non avresti intralciato i loro tentativi di passaggio».

«Parli wolof, adesso?»

«Io parlare wolof, ma sei scemo?»

«Dove sono andati?» chiedo.

«Di là» risponde il ragazzo indicandomi una direzione parallela al Muro. «Gli africani sono tutti matti. Credono che il Muro sia una cosa viva. Gli parlano».

«Anche tu sei africano».

Bashir ride e si indica la tempia con l'indice. Bevo un sorso d'acqua e mi accorgo che nella tasca si è materializzata un'altra Moby Dick.

«Piantala di mettermi la droga in tasca» dico a Bashir.

Lui mi guarda offeso.

«Io non so niente di quella roba. Te lo giuro».

«Andiamo?» dico inghiottendo la pastiglia bianca.

Lui è già pronto a mettersi in marcia.

Camminiamo sotto il sole cocente. Il Muro si fa sempre piú vicino anche se non è molto di piú che una riga nerastra in fondo al deserto. I miei piedi si muovono da soli come se avessero una molla interna. Non sento i sintomi dell'astinenza adesso che ho preso la Moby Dick. Penso ai miei colleghi e all'esame delle urine. Se me lo facessero adesso rischierei la radiazione a vita. L'importante è arrivare al Muro, poi qualcosa mi inventerò. È strano che abbia tutta questa fretta di arrivare dove sicuramente mi aspettano il processo per diserzione e il carcere. Ma l'idea di restare un solo minuto in piú in questa terra di nessuno, fuori dalla civiltà, mi dà i brividi. Vorrei essere già dentro la mia cella o anche nella stanza delle punizioni con la palla di gomma ficcata in gola piuttosto che sopravvivere assieme alla feccia di Kadjouine. È come se, al di fuori del Muro, le persone non fossero completamente umane, ma scimmie utili, buone a compiere azioni simili alle nostre ma insignificanti. Solo la protezione del Muro ti rende davvero vivo. Mi tocco il polso, sento la crosta dolorante dove una volta c'era il mio chip e mi viene da piangere. Quasi mi avessero strappato il cuore dal petto. In quel minuscolo frammento di silicio c'era tutta la mia vita. Per quanto fosse odiosa e insopportabile, era la garanzia del fatto che io, Franco Zomer, ero un uomo come tutti gli altri. Osservo Bashir che mi saltella attorno, contento che io sia con lui, e lo capisco. Adesso non è niente, ma se riesco a fargli passare il Muro, diventerà una persona. Lo immagino come una specie di Pinocchio arabo fatto di legno in attesa di diventare un vero bambino.

«Devo dirti una cosa, Bashir» dico in un impeto. «Io non ho mai parlato arabo in vita mia».

Lui mi guarda e sorride come se fosse tutto a posto, poi continua a sgambettarmi attorno. Potrebbe essere un'allucinazione. Come è possibile sennò che un ragazzino arabo mi abbia salvato la vita in mezzo al deserto e che adesso mi segua convinto che io sia il Serpente? E come è possibile che io parli lingue sconosciute e trovi droga nelle tasche come se si formasse da sola mentre io non guardo? È un'ironia della sorte che il libro della bambina che voleva morire mi abbia protetto dal calore. Forse sono io quello che è morto in mezzo agli sterpi e adesso le mosche stanno finendo di ripulire il mio scheletro. O forse sono morto tra le braccia di Penelope per un'overdose di droga o una fucilata. Spero di essere riuscito a dirle che la amo. Questa è di sicuro una delle cose che farò se riuscirò mai a raggiungere il Muro. Qualunque cosa succeda, dirò a Penelope che sono innamorato di lei e che lo sono sempre stato. D'improvviso avverto qualcosa, un forte senso di pericolo, e chiamo a me Bashir.

«Cosa c'è?» mi chiede spaventato.

«Non lo so» rispondo, mentre con la scarpa

smuovo con delicatezza la sabbia di fronte a me. «È piú avanti» dico.

«Non c'è niente qui».

«Zitto».

Mi sdraio per terra e striscio con cautela in avanti. Non so neanche io perché lo faccio ma sono guidato da una certezza interiore. Smuovo la sabbia tenendo le mani davanti a me come se nuotassi. A un certo punto la sento. Con i polpastrelli scosto un paio di pietre ed eccola: una tagliola. Bashir fa un salto all'indietro e poi scoppia in una fragorosa risata.

«Lo sapevo che eri il Serpente!» grida. «Lo sapevo».

Ci saremmo finiti dritti dentro. Tiro un sospiro di sollievo e getto una delle pietre nella tagliola facendola scattare.

«Ma sei matto?» dice Bashir. «Siamo vicini al Muro. Adesso arriveranno con i pick-up. Dobbiamo scappare».

La verità è che sono un vigliacco. Penelope sbaglia quando vede delle buone qualità in me. Io arrivo solo fino a un certo punto. Riesco a essere coerente con i miei princípi se il terreno è in discesa, non appena incontro qualche difficoltà ecco che la parte meschina ed egoista che nuota in fondo alla mia anima torna a galla e me ne frego di tutto. L'aspetto piú doloroso è che ne sono consapevole. So che adesso dovrei rassicurare Bashir, sempre che esista veramente, ma non lo farò. La paura, il conformismo, il desiderio di essere apprezzato dai colleghi e di condividere i loro valori sono piú forti di tutto il resto.

«Vai pure, se vuoi» gli dico. «Io torno a casa».

Mi bevo un gran sorso d'acqua e poi tiro la borraccia a Bashir.

«Prendila» gli dico. «Io non ne ho piú bisogno. Come ti ho detto, io non sono il Serpente».

Bashir mi osserva con gli occhi pieni di lacrime.

Vorrei aggiungere qualcos'altro, ma non esce nulla dalle mie labbra. Alzo un dito al cielo, indico una nuvola.

«Stare con me porta male» riesco infine a dirgli.

Sposto la nuvola con delicatezza fino a coprire d'ombra il volto di Bashir. Questo almeno posso farlo. In fondo, sono pur sempre l'imperatore delle nuvole.

«Non posso proteggere nessuno».

Lui mi guarda con aria dura.

«Sei solo un pauroso testa di cazzo» dice pulendosi il naso con la maglietta.

Ha ragione.

Senza dire altro, se ne va. Lo osservo mentre si allontana e cerco di tenerlo all'ombra dominando la piccola nuvola. In un attimo è sparito. È un ragazzino sveglio. Lo ritroverò a Kadjouine tra un paio di giorni, ne sono certo. Mi viene in mente un passaggio del libro.

*Dio si sedette in riva al mare e si rivolse alla Balena. «L'uomo mi ha deluso» disse. «È crudele e incostante, il suo cuore raccoglie la melma dei fossi ed è meglio che io smetta di amarlo. Temo di arrivare a conoscere la sofferenza e di non poter piú essere Dio. Voglio stringere amicizia con te perché ho bisogno di qualcuno in cui riflettermi».*

Gli uomini che popolano quelle pagine non sono come Bashir: sono come me.

## 23.

La scomparsa di Bashir mi procura una fitta allo stomaco. Mi viene da vomitare ma, a parte il pezzo di coniglio, il mio stomaco è vuoto e un gusto acido mi riempie la bocca. Nella tasca della divisa è spuntata un'altra Moby Dick. Se i migranti sapessero che è solo una sostanza sintetizzata dalla gente di Momo Madjer e spacciata dal Chimico forse perderebbero la fede. In questi casi però conta piú la leggenda che la verità. Hanno bisogno del Serpente. Di colpo mi sento di buon umore, so che tutto si metterà per il meglio per me e per Bashir. Mi siedo e aspetto, siamo sufficientemente vicini al Muro e nell'arco di una mezz'ora arriverà un pick-up e mi riporterà a casa, alla mia acqua marrone e a Penelope. Penso che tutto si potrà risolvere, dirò che ho ricevuto una segnalazione e sono stato attirato in una trappola; non ho voluto coinvolgere Penelope e ho gravemente disatteso il regolamento ma alla fine non ho fatto danni. Mi faranno passare qualche mese di merda ma alla fine tutto tornerà come prima. Mi siedo all'ombra di una macchia di arbusti e osservo una colonna di insetti che se ne sta tornando a casa, una crepa sotto qualche pietra rovente. Alcuni portano sulla schiena una specie di confetto bianco grande quattro volte il loro corpo. Di nuovo insetti felici. Non mi dispiacerebbe lasciarmi spuntare delle elitre e un carapace duro come la roccia. Piú di tutto, vorrei sentire la mia mente che svanisce alla svelta per lasciare il posto a una manciata di direttive inderogabili: mangia, dormi, segui la fila degli altri insetti, riposa, riproduciti.

Ecco che si avvicina qualcosa; vedo un puntolino nero all'orizzonte. Strano che ci abbiano messo tanto, di solito arriviamo in mezz'ora su una segnalazione delle tagliole. Il puntolino alza un pennacchio di polvere dietro di sé perciò è di sicuro un'automobile. Ce ne sono altre tre, no cinque, che seguono. Hanno chiamato la cavalleria. Forse si aspettano di trovare un gruppo di migranti guidato da gente armata. Magari pensano ci sia il Serpente in persona. Forse faccio in tempo a fumarmi una sigaretta prima che arrivino. Mi sistemo una ciocca ribelle e sabbiosa inumidendomi le dita con la saliva. Nel taschino della divisa trovo altre quattro Moby Dick. Non ho tempo di capire come siano apparse ma devo liberarmene al piú presto. La prima cosa che cerchiamo, quando becchiamo un migrante, è la droga. Le avvolgo in un fazzoletto e le nascondo sotto una pietra. Mi asciugo il sudore con il dorso della mano e rimango in attesa. I pick-up adesso sono perfettamente visibili e puntano verso di me. D'improvviso, scartano verso destra e, in pochi minuti, scompaiono diretti verso un obiettivo imprecisato. Mi chiedo cosa possa essere successo; forse hanno avuto una segnalazione piú urgente, uno scontro a fuoco o qualcosa di simile. Mi siedo vicino alla tagliola. Le chiamiamo tagliole perché rende bene l'idea ma in realtà sono sensori elettronici che reagiscono al contatto con la pelle. Qualsiasi essere vivente ci passi sopra viene bloccato da una scarica elettrica violentissima. La tagliola vera e propria, un laccio di nylon simile a quello dei decespugliatori, serve a tenere la vittima sul posto. Le prime volte, quando il laccio non c'era, la scarica era cosí forte che la vittima saltellava o addirittura correva come una gallina decapitata dall'accetta del contadino per poi esplodere in mille pezzi. Lo spettacolo era talmente orribile per chi andava a controllare che si è preferito inserire questo dispositivo di controllo: la tagliola appunto. La osservo con attenzione, spunta dal terreno, luccicante come un braccialetto di diamanti che proviene dal futuro. La tocco con delicatezza: so dove farlo e come. In questo istante, tutti i pick-up hanno un segnale rosso acceso e un ronzio ad alto volume sta facendo saltare sul sedile le guardie che sono in turno. Mi chiedo perché non arrivi nessuno. Far scattare una tagliola in questo modo è innaturale. Sembrerà che un esercito di migranti si stia dirigendo verso il Muro. Dovrebbero essere qui a minuti.

## 24.

Aspetto per un tempo che mi pare infinito ma non succede nulla. Per avere un'unità di misura, osservo un uccello posato su un albero striminzito che conserva un po' di fogliame verde scuro solo su un lato. Conto i passi dell'uccello, ogni passo un secondo. Cosí passano i minuti. Ogni tanto l'uccello mi guarda e si incanta. Mi scruta sollevando e abbassando il becco; magari anche lui misura il suo tempo su di me e si chiede cosa ci faccio in mezzo al deserto. Potrebbe anche esserci una risposta banale al mancato arrivo dei pick-up: molte tagliole non funzionano. Si sono logorate sotto il sole e nessuno è mai venuto a ripararle. Del resto siamo nella zona di Gadja, perché stupirsi? L'enorme, inscalfibile macchina del Muro in realtà poggia i suoi piedi su una miriade di piccole falle, minuscole negligenze e imprecisioni. Questa tagliola è rotta, non c'è dubbio. Prendo un sasso e lo scaglio nel centro del dispositivo. Non succede nulla, nessuna scintilla, zero scariche elettriche. È un inutile pezzo di ferraglia. La mia testa sta andando in tilt. È davvero esistita quella colonna di pick-up che ho creduto di vedere? Tiro fuori le pastiglie dalla tasca; sono grosse, bianche, solide. Indubbiamente vere. Se mi sbaglio, vuol dire che sono già morto da qualche parte nel deserto e questo è un ultimo sogno prima di finire nel nulla. Morto per morto, inghiotto una Moby Dick e mi siedo vicino alla tagliola inutile. Di nuovo sono al mare e sono giovane, un ragazzino con il costume azzurro. Nina sta giocando nell'acqua bassa, ha in mano un secchiello. Devo solo continuare a guardarla e tutto andrà per il meglio.

## 25.

Forse mi addormento perché c'è di nuovo Penelope che mi parla. È cosí piacevole sentirla vicina. Il suo alito caldo e buono mi sfiora il viso. Sa di caffè.

«Zomer» mi dice, «respira. Sei svenuto di nuovo. Tra poco arriveranno i soccorsi ma devi restare sveglio».

«Penelope» chiedo, «come sta Gaber? Sono riuscito ad avvertirlo?»

Lei mi guarda. E muove il becco in su e in giú.

Mi strofino le palpebre e l'uccello vola via. Era solo un'allucinazione. Lo guardo allontanarsi; lui può tornare al Muro come e quando vuole e può anche scavalcarlo se gli va. Ogni esistenza mi sembra migliore della mia; tra poco comincerò a invidiare i ciuffi d'erba o le pietre. Mi alzo e mi sgranchisco, tutto sommato mi sento in forma se penso che non bevo e non mangio da un bel po'. Quanto sia un bel po', non potrei dirlo. Mi incammino verso il Muro, ormai è buio e il sole non è piú un problema. La stanchezza mi assale quasi subito e l'illusione di avere forze fresche svanisce in un attimo. Arrivo sul ciglio di un avvallamento. Il Muro adesso è perfettamente visibile all'orizzonte. Ne scorgo le torrette lontane. Dall'alone luminoso che emana dovrebbe essere il settore viola. Strano. È lontanissimo da dove lavoro io, molto piú immerso nel deserto. Non ci sono sponsor per il settore viola e per quelli limitrofi: nessuno potrebbe vedere le pubblicità. Certo non un possibile acquirente. Le gambe mi cedono di schianto, rotolo senza forze all'interno dell'avvallamento. Mi fermo a pancia in su. La luna è un tondo biancastro conficcato in alto e con lo sguardo cerco di penetrare attraverso la sua membrana per vedere cosa c'è al di là del cielo. Il blu che circonda il satellite sembra fatto di carta pesta. Penso di essere una specie di statuetta del presepe, posizionata da dio in questo deserto a fare la comparsa. L'evento importante si sta svolgendo molto piú in là, in un punto che non riesco neanche a immaginare. Bisognerebbe avere uno sguardo dall'alto, cogliere tutta la scena in una sola occhiata; allora si vedrebbe quello che è davvero necessario, ciò per cui è stata costruita tutta questa immensa scenografia. Metto la mano nella tasca della camicia e ingoio altre due Moby Dick. Sembra che si formino da sole nella stoffa e ho smesso di stupirmi. La mia bocca è talmente secca che separare le labbra incollate mi fa emettere un piccolo verso buffo che stona con la drammaticità della situazione.

## 26.

Ancora l'odore di salsedine. Sono sdraiato sul mio asciugamano e tengo gli occhi chiusi. Mi sono spalmato la crema solare e sento la pelle che si scalda; è una sensazione piacevole, quasi erotica. Accanto a me, il brusio della gente che parla a voce bassa. Riesco a cogliere solo qualche parola fuori contesto. Una radio suona in lontananza sovrastando appena lo scroscio regolare delle onde. Nina dovrebbe essere seduta a gambe incrociate, intenta a scavare una buca sulla sabbia.

«Io ci sono» dice una voce dietro di me.

Sento un movimento alle mie spalle, un fruscio come di carta appallottolata, poi qualcosa si avvicina al mio orecchio.

«Che c'è? Non riesci a parlare?»

Apro la bocca ma non esce nessun suono. Dovrei bere. Sento ancora quel fruscio e poi qualcosa tocca la mia mano che tengo stesa lungo il fianco. La afferro e sento che è la borraccia. Bevo con avidità una lunga sorsata d'acqua calda. Mi riprendo quasi immediatamente, tanto che riesco a voltare la testa. Non vedo nulla perché il sole è tramontato.

«Non ti sforzare» dice la voce. «Vengo io da te».

Zampette sottili e nervose salgono sul mio corpo, risalgono il ventre e si fermano sul petto. È una grossa lucertola e si siede vicino alla mia gola. Il suo corpo non è freddo come pensavo, emette un flebile calore e non mi fa paura. Ha un muso da vecchietta delle fiabe.

«Spero di non darti troppo fastidio. Sarei venuta prima ma eri troppo intento a cercare il Muro».

«Tu chi sei?» chiedo pur sapendo che si tratta di un'allucinazione.

«Lo sai, no? Forse è meglio che io parli in maniera piú riconoscibile».

Mentre dice queste parole, modula la sua voce e diventa quella di una bambina di sei anni. La voce di mia sorella Nina. Della mia sorellina morta. Le lacrime mi sgorgano a fiotti e colano cosí copiose sulla mia faccia che mi arrivano nel naso e in bocca. Mi viene da tossire e rischio di soffocare. Non respiro. La lucertola mi lecca le lacrime e a poco a poco l'aria mi ritorna nei polmoni.

«Non sei reale» mormoro.

«E chi lo è?» risponde la lucertola con la voce di mia sorella. «Per quanto ne sappiamo, tu potresti essere già morto oppure talmente fatto da non accorgerti che stai bruciando sotto il sole».

«Sono morto?» chiedo.

«Non direi. Di sicuro, è da tanto che non sei piú vivo. Che ci fa in mezzo al deserto uno che muoveva le nuvole?»

«Ridicolo, eh?»

«Decisamente».

La lucertola si guarda intorno e fa saettare la lingua sottile.

«Sei mia sorella? Sei Nina?» chiedo.

Il rettile mi guarda. I suoi occhi privi di palpebre ruotano in maniera innaturale.

«Non dire sciocchezze. Sono una lucertola, non

vedi? Sono qui per aiutarti a raggiungere il Muro. È questo che vuoi, no?»

Io non dico niente. Lei sa tutto quello che c'è nella mia testa, ma non conosce Nina. Non sa che grazie alle Moby Dick io posso vederla di nuovo.

«Ti darò qualcosa di utile. Dopo che me ne sarò andata, segui il tuo istinto e arriverai al Muro. In cambio, ti chiedo solo di essere gentile in futuro se mai dovessi incrociare una lucertola».

Dopo aver pronunciato queste parole sposta le sue zampette fredde e scende dal mio corpo. La sento muoversi sulla mano e d'improvviso mi morde. Scatto a sedere soffocando un gemito ma lei è scomparsa. Nella parte molle, tra pollice e indice, ho i segni dei suoi denti e nel palmo stringo altre due Moby Dick. Mi sfrego la mano sulla camicia e con l'altra afferro la borraccia. Bevo un paio di lunghe sorsate e mi ritrovo a camminare sulla spiaggia. I miei genitori stanno per arrivare con i gelati. Tutto va bene e mia sorella dev'essere in acqua perché sotto l'ombrellone non c'è. Stasera andremo al cinema e sarà bellissimo. Tutti insieme. Cerco Nina con lo sguardo. Dovrebbe essere vicina alla riva perché non sa nuotare molto bene. Ho tutto il tempo di trovarla in mezzo agli altri bagnanti per cui forse chiuderò gli occhi per qualche minuto.

27.

Mi sveglio con fatica, le palpebre sembrano di colla. Adesso è notte e posso avviarmi verso il Muro. Sento tornare le forze anche se la mano mi pulsa e temo si sia infettata. Cammino spedito e non mi curo della sabbia che riempie le scarpe. Vado avanti per un tempo infinito, mi sembrano ore, ma il Muro resta sempre alla stessa distanza, come un miraggio che si sposta man mano che mi avvicino. Bevo ancora dalla borraccia che sembra sempre sul punto di vuotarsi ma conserva sul fondo un inesauribile goccio di liquido caldo. Guardo in alto e vedo una piccola nuvola grigia nel cielo notturno, poco piú di uno sfilaccio vaporoso. La indico e poi, lentamente, la sposto. A quanto pare, sono ancora l'imperatore delle nuvole. Cammino per un tempo infinito, le gambe ormai vanno da sole, e arrivo al ciglio di un altro grande avvallamento. Guardo di sotto e fatico a mettere a fuoco quelle forme che galleggiano nel blu del deserto. È una piccola città abbandonata, coni di pietra bianca che puntano verso il cielo e le porte delle case strette e lunghe come unghie di donna. Scendo in fretta; i piedi sembrano guidarmi verso il basso. Arrivo nello spiazzo calcinato dove le abitazioni si addossano alla pietra e scivolo battendo la schiena. Mi rialzo e mi pulisco le labbra con il dorso della mano; sento il calore della sabbia tiepida. A passi incerti, mi avvicino alla porta di una casa. Mi sembra che all'interno brilli una fievole luce arancione. Mi appoggio allo stipite e guardo dentro: una donna sta facendo bollire del tè. Si volta, sorride e mi invita a entrare. Mi siedo a terra accanto a lei e la osservo mentre con un gesto elegante versa la bevanda calda in un bicchierino decorato. Me lo porge e avverto un intenso odore di menta mentre lo porto alle labbra. Il gusto è delizioso anche se devo berlo a piccoli sorsi perché è bollente. La donna sembra molto anziana ma il sorriso e i lineamenti del volto sono giovanili, come se una ragazzina fosse intrappolata in un corpo non suo. Mi dice qualcosa con voce dolce eppure non capisco cosa vuol dire. Solo poco tempo fa comprendevo l'arabo senza sforzo e adesso non riesco a capire neanche una parola. Faccio per parlare, ma lei mi posa un dito sulle labbra e indica qualcosa dietro le mie spalle. Vedo molte persone che si affannano con pacchi e zaini.

«Sei arrivato appena in tempo» dice la donna parlando in italiano. «Stanno per partire».

«Non capisco».

«Bashir mi ha detto che saresti venuto. È grazie a te che possiamo fare tutto questo, grazie alla tua droga».

Alzo una mano per interromperla.

«Io non sono...»

«Noi conoscevamo la profezia della Balena ma sembrava solo un sogno, una favola raccontata dai vecchi per tenere buoni i ragazzi. Adesso però sta diventando realtà. Grazie a te».

Restituisco il bicchiere alla donna.

«Ti faccio vedere» dice.

Si alza e mi prende con delicatezza la manica

della camicia. La seguo nella stanza sul retro; devo abbassare la testa per passare attraverso la minuscola apertura scavata nella pietra. Sulla parete di fronte c'è una nicchia dove comincia una scala stretta che sembra scendere all'infinito. La donna prende una candela, la accende e poi mi fa di nuovo cenno di seguirla. Scendo dietro di lei, stando attento a non scivolare sugli stretti scalini. Arrivati in fondo, la luce chiara della notte mi sorprende.

Siamo all'aperto.

Davanti a me si schiude un gigantesco anfiteatro circolare illuminato da fiaccole e candele, il cui bacino di pietra sembra largo almeno quanto uno stadio di calcio. Le pareti ripide sono incise da profondi canali, come se una immensa vite avesse scavato la roccia. Non sono gradini, come pensavo all'inizio: questa è una specie di vasca preistorica, una costruzione pensata senza tener conto degli esseri umani. Il cielo è chiaro e pieno di stelle. Non me ne ero accorto prima perché la mia attenzione era tutta dedicata all'incredibile oggetto adagiato nel centro di questo cono di pietra rovesciato.

È una nave in legno, enorme, piú grande delle imbarcazioni da crociera multipiano che portano i turisti a Djerba.

Un'Arca.

Sembra antichissima, tanto che il fasciame, ormai scurito dal tempo, ha un colore nero antracite e brilla alla luce delle fiamme. La donna mi prende nuovamente per la manica e mi fa cenno di seguirla. Giriamo intorno allo scafo. Ho dimenticato la fame e la sete, la testa mi vortica per le troppe domande che vorrei fare.

Infine vedo: la nave ha la forma di una balena.

La prua è sagomata in modo tale da riprodurre perfettamente il muso di un cetaceo. Sulla fronte si staglia una punta di legno, un corno, al quale sono legate alcune grosse gomene. Solo adesso mi accorgo che non siamo soli. Attorno a me brulica una moltitudine di persone. Sono uomini di tutte le età, alcuni con il capo coperto e il vestito tradizionale, altre in jeans e maglietta. Aggiustano assi, verniciano fiancate, sistemano vele e sartiame. Piú in là, dove centinaia di otri e casse di legno sono sistemati alla rinfusa su uno spiazzo, altre persone scambiano merci e confabulano tra loro. Sembrano prepararsi a una partenza imminente. Le donne faticano a tenere i bambini per mano, molti scappano e corrono dietro a galline bluastre incuranti dei richiami muti delle madri. Libero la manica dalla presa dolce della donna e mi infilo tra la folla. Una preghiera sale alta nel cielo: ci dev'essere un minareto in città. Gli spettri blu si siedono a terra e lentamente diventano reali. Il sole sta sorgendo e rende tangibili le loro forme. Tutti hanno una piccola scodella tra le mani. Un uomo passa tra loro e lascia cadere una pastiglia bianca nel recipiente. In lontananza qualcuno mi saluta agitando una mano: è Bashir, che si avvicina e si siede al mio fianco.

«Lo sapevo che arrivavi» mi dice sorridendo. Porta ancora quella maglietta sudicia del Barça. «Te lo avevo detto, no?»

Mi abbraccia con trasporto. Non ce l'ha con me.

«Scusami» dico in un soffio.

«Ah, non c'è problema» dice lui ridendo. «Il Serpente ha le sue vie: lo sappiamo tutti. Ma adesso sei qui».

«Dove siamo?»

Scrolla le spalle e inghiotte la Moby Dick.

«Prendila anche tu» mi dice.

«Cos'è questo?» chiedo indicando la nave.

«È la Balena, pensavo che lo sapessi. L'hai sognata anche tu, no? Le pastiglie ci hanno aiutato a trovarla: la droga del Serpente ti fa scegliere. Noi sogniamo la Balena del tuo libro. Se entriamo tutti nello stesso sogno, alla fine si avvererà».

«E cosa farà la Balena?» chiedo.

«Ma non hai letto? Sei sempre lí che sfogli e sfogli ma non capisci mai niente. La Balena ci farà passare. Tutti quanti. dio era stanco degli uomini e aveva deciso di sterminarli perché erano stupidi. La Balena però ne aveva inghiottiti diecimila e dio, impietosito, decise di salvarli dalla distruzione per fargli creare un mondo nuovo. La Balena allora attese il diluvio e poi li rigettò oltre il muro. Hai capito cosa vuol dire, no? I diecimila siamo noi».

Inghiotto la Moby Dick e subito la realtà mi appare come una libreria. Posso scegliere il mondo che voglio. Vedo anche la loro Balena e la fantasia di tutte quelle persone per un attimo diventa anche la mia. Ma io sono diverso. Voglio solo tornare a un giorno d'estate di tanti anni fa quando ero in spiaggia con mia sorella. Bashir, non so come, se ne accorge.

«Non vieni con noi?» chiede.

Scuoto la testa.

«È triste. Il tuo mondo è nel passato, noi invece vogliamo il futuro».

Non so cosa dire.

«Aspetta qui».

Bashir parte di corsa, va a prendere la donna che era rimasta esattamente nel punto in cui l'avevo lasciata e la conduce con delicatezza verso di me. Le parla con un tono basso, deferente. Lei allora si rivolge a me e mi indica le pareti rocciose e poi la nave. Fa un gesto strano con le mani, come se avvitasse qualcosa di fragile e poi attende la mia risposta. Io guardo Bashir in cerca di spiegazioni.

«Dice che adesso è tutto a posto. Come è scritto nel libro. Il Serpente farà piovere e l'acqua scorrerà dentro quei canali scavati nella roccia. Ci sarà cosí tanta acqua che la nave verrà fuori dalla sua tana e finalmente tornerà al mare. E noi con lei».

«Ascolta, io...»

Bashir alza la voce e la sua agitazione sembra conferirgli piú carne e sangue, piú realtà.

«Io ti ho visto!» grida. «Tu puoi muovere le nuvole e loro ti obbediscono. Lo hai fatto sulla mia testa. Ti è stato dato il libro perché arrivassi fino a qui. Adesso noi siamo pronti. Ordina la pioggia».

Anche la donna mi guarda e sembra sorridere. È tutto assurdo. Non ho nessun potere. Non sono l'imperatore delle nuvole. È solo una favola che ho inventato da ragazzino per impressionare mia sorella.

«Allora?» Bashir mi riporta alla realtà. Nei suoi occhi c'è una fiducia totale, come quella che leggevo nel volto di Nina.

Alzo il dito verso il cielo. Sento che tutti si voltano verso di me. Una nuvola arriva, docile, e si sistema con lentezza al centro dell'enorme circonferenza di pietra. Ne arriva un'altra, bianca, poco piú di un filaccio. Mi sforzo di far piovere.

Non succede nulla.

Lo sapevo.

La moltitudine attorno a me comincia a svanire sotto la luce del sole. Anche la donna mi volta le spalle e se ne va. Il volto di Bashir è il ritratto della delusione. Si sbagliavano su di me, io sono un fallito.

Ecco che il sole comincia a scaldare. Mi chiedo se sto svanendo anche io come loro nella luce abbacinante. Eppure no, se mi tasto il polso lo sento con chiarezza sotto i polpastrelli e provo dolore nel punto dove mi hanno strappato il chip. Svengo.

## 28.

Apro gli occhi e mi accorgo di essere solo. Gli uomini blu mi hanno trascinato in mezzo al deserto.

Di nuovo.

Il Muro è ancora lontano e il sole mi sta ustionando. La grande nave a forma di balena è sparita, inghiottita dal sole e dalla sabbia. Mi accoccolo sotto le fronde di un albero secco e trovo un po' di refrigerio. Ecco che il sole comincia a scaldare. La mano corre istintivamente alla tasca della camicia ma questa volta, l'inesauribile fonte delle Moby Dick sembra essersi inaridita. Ho un istante di panico assoluto. Di certo, avevo creduto di poter far fronte al caldo, alla stanchezza e alle allucinazioni se solo avessi avuto una scorta infinita di pastiglie. Le lacrime mi scorrono a grandi fiotti lungo le guance e sono scosso da tremori incontrollabili. Ho sempre pensato che la morte fosse la cosa peggiore che potesse capitarmi ma in questo momento rimpiango di non avere un pulsante innestato nel mio corpo. Per premerlo e mettere fine a tutto questo, non avere davanti a me un futuro di dolore senza fine. Piango come un bambino per un tempo interminabile. Alla fine è il corpo a stancarsi: le costole mi dolgono e la bocca ha preso una piega amara che non riesco a mantenere senza crampi. Smetto di piangere senza volerlo, cosí come avevo cominciato. Il mondo è verde e blu. Per qualche secondo è il solito panorama avvolto nell'azzurro tenebra poi, per un istante, si illumina di un riflesso verde erba, chiaro e brillante come se gli oggetti avessero una qualità fosforescente. Immagino sia il mio cervello che comincia a perdere il contatto con la realtà, forse sto davvero per morire e posso infine rilassarmi e attendere senza piú paura né ansia. Mi entra nella mente il viso di Penelope, cosí bello e severo, mi scivola dritto nel cuore e piangerei se potessi ancora farlo. Mi mancherà molto, non avrebbero dovuto farmela conoscere per poi togliermela. A dire il vero non so a chi sto rivolgendo questo rimprovero. Ho sempre pensato a dio. Non ho detto che ci credo, ho solo detto che ci ho pensato spesso, come a un'entità oscura. Se dio è amore infinito e ha creato proprio me, anche me, con tutti i miei limiti e difetti, perché poi sta appostato nella mia coscienza come un avvoltoio in attesa di uno sbaglio, di una parola detta male, di un gesto poco opportuno? Io vorrei un dio come il padre del mio amico, quello che ha sfasciato la macchina. Uno che non ti accorgi mai di avere al tuo fianco, ma che quando ne hai bisogno arriva e ti aiuta. Adesso, per esempio, vorrei che venisse vicino a me e mi dicesse che si occuperà di Penelope e la proteggerà anche quando io non ci sarò piú. Quella donna è capace di mettersi nei guai da sola con il carattere duro che ha. Non tutti la capiscono.

29.

Mi tasto il viso con il palmo della mano. Sta succedendo qualcosa che mi farebbe sorridere se non fossi in queste condizioni disperate. Nei pochi secondi in cui il mondo diventa verde, di fronte a me appare la scritta DIO. Di sicuro è un effetto delle droghe però mi sembra tolga dignità al momento. Chiudo gli occhi e li riapro quando, attraverso le palpebre, sento che il mondo sta ridiventando verde. Proprio accanto ai miei piedi, un metro piú in giú delle mie scarpe sbrindellate c'è la scritta DIO in lettere dorate su sfondo verde. Tutto ciò è ridicolo e cerco con grande fatica di mettermi a sedere. Non credevo che potesse farmi cosí male anche solo girare su un fianco. Mi puntello con il gomito e mi tiro su. È già notte e non me ne ero accorto. La scritta DIO è scomparsa, cancellata dall'ombra della mia schiena. Mi volto, aiutandomi con le gambe, e vedo il Muro vicinissimo, immerso nelle luci al neon del settore verde. A intermittenza si accende la scritta ASCOLTA R*DIO TUNISI. La A di RADIO non funziona ed ecco perché la scritta DIO lampeggiava attorno a me. Mi viene da ridere. Davvero, per un attimo, anche se non l'ho detto, ho pensato che forse… Ma è tutto inutile. Quello che conta è che il Muro è lí, a portata di mano. Potrei raggiungerlo in un paio d'ore di cammino ma non riesco neanche a tirarmi in piedi. Che destino assurdo, morire a un passo dalla meta. Tipico mio. Gaber si sarebbe fatto una bella risata. Adesso sarà in qualche buco fra le rocce del deserto con la testa spaccata da un sasso. Chissà perché mi immagino cosí la sua fine. Era simpatico Gaber, non c'entrava niente con me, su questo Penelope aveva ragione, però mi piaceva. Tipico del mio carattere, essere attratto da persone con le quali non c'entro un cazzo, come se volessi perdermi il prima possibile, senza la fatica di attendere gli esiti di una vita di stupidaggini, come fanno tutti.

Non credevo di essere tanto attaccato a Penelope. Magari, fedele al suo nome, mi sta aspettando. Chissà quanti giorni sono passati da quando sono andato a cercare Gaber. E quel sogno vivido che ho fatto, dove lei mi teneva la testa tra le mani? Che senso può avere? Chiuderò gli occhi, mi addormenterò e resterò qui per sempre. È andata cosí, mi accontento. Basta con i pensieri inutili, con le congetture e i desideri. Il deserto sarà la mia casa definitiva. Se solo fossi piú stanco. Adesso che ho deciso di mollare tutto mi sento sveglio come non mai, il mio cervello non la smette di formulare pensieri e di inventare storie. È notte, è buio, è tempo di dormire un lunghissimo sonno. In fondo c'è del comico nel morire illuminati dalla scritta DIO. È uno di quei momenti in cui si rimpiange di non essere filmati. Ci vorrebbe una telecamera accesa quando siamo soli e soffriamo, come nei film, in modo che qualcuno possa piangere e tifare per noi, per non rendere davvero inutile tutto questo dolore. Che bello quando gli eroi del cinema decidono di immolarsi per i compagni e tagliano il filo rosso della bomba pur sapendo che esploderà, o quando si avviano incontro alla morte per consentire agli amici di avere il tempo per la fuga. Quel momento straordinario è possibile solo perché noi lo vediamo, stringendo tra le mani un fazzoletto di carta umido e un pacchetto di popcorn. Solo nella finzione la realtà acquista senso e io vorrei che adesso qualcuno leggesse di Franco Zomer che lascia questo mondo pensando cose importanti e profonde e desiderando con tutto il cuore una donna di nome Penelope. Se fosse davvero un film o un romanzo, adesso l'attenzione si sposterebbe su di lei e una musica commovente riempirebbe la sala. Vedreste Penelope al lavoro e, quando torna a casa, da sola, la osservereste mentre si spoglia davanti allo specchio del bagno per risciacquarsi il viso stanco. E indovinereste la sua tristezza perché anche lei sta pensando a me e le dispiace che io non ci sia. Ecco, se dio esistesse, dovrebbe abitare nei cinema o tra le pagine dei romanzi consumate da centinaia di letture. Ma ora basta, la scritta DIO mi accompagnerà fino all'alba e poi si spegnerà assieme a me. Devo cercare di chiudere gli occhi e dormire.

# 30.

È giorno. Dunque ho dormito davvero. Sembrava impossibile e invece sono crollato. Non era previsto che mi risvegliassi e invece sono ancora qui. Mi volto verso il Muro e mi sembra molto piú distante di quanto mi era apparso durante la notte. Forse le luci lo ingrandiscono, non saprei. La borraccia è vuota e nella mia tasca non ci sono piú pastiglie. Ho controllato per l'ennesima volta, non si sa mai. Mi sento abbastanza bene. Non so da quanto tempo non mangio e non bevo ma sembra che il mio corpo possa farne a meno. Potrei morire in questo posto o provare a raggiungere il Muro e cadere a terra sotto il sole cocente. La mia prima idea è di restare qui per sempre, ma sono inquieto. In realtà voglio muovermi, andare, non ne posso piú di stare in posizione fetale in attesa di qualcosa che tarda ad arrivare. In fondo, non c'è un lembo di terra piú adatto di un altro per quello che mi aspetta. Tanto vale vedere se riesco a mettermi in piedi. Ce la faccio. I pantaloni tendono a cadermi e devo stringere la cintura. Mi avvio verso il Muro facendo un piccolo passo alla volta. Le gambe mi sostengono ancora, non peso piú molto in effetti. Mentre procedo la mia falcata diventa elastica, sembra che camminare aiuti a camminare, ne provo un piacere che è nuovo per un pigro come me. Dopo il Muro, continuerò ad andare avanti e raggiungerò il mare, sento di poterlo fare. Non ho piú timore di guardare le onde.

## 31.

Penelope mi tiene la testa tra le mani. Il lobo del suo orecchio e cosí bianco che i capelli sembrano petrolio.

«Zomer. Franco. Resta sveglio, per l'amor di dio».

Il suo volto è sfocato, devo avere qualcosa negli occhi. Però non ha i segni della mia manganellata. È bellissima. Forse non l'ho colpita cosí forte, dopo tutto.

«Perdi sangue» mi dice con un tono strano, quasi certa che io non possa sentirla.

«Hai mai fatto qualcosa di brutto. Qualcosa che non potrai mai perdonarti?» le chiedo.

Penelope non risponde. Guarda verso il Muro. Aspetta qualcuno che tarda ad arrivare.

«Devo dirti una cosa».

«Stai zitto» mi dice lei. «Non parlare».

Mi spiace, non posso. Adesso le dirò che sono sempre stato innamorato di lei. Se non lo faccio ora potrei non avere un'altra occasione. Dalla mia bocca però escono altre parole.

«Avevo undici anni e mia sorella Nina sei» dico contro la mia volontà.

«Ti ho detto di stare zitto, Zomer».

Una voce racconta dentro di me, malgrado me. Nina era una bambina vivace, con la pelle scura come quella di Penelope ma il suo nasino era piccolo e morbido. Forse con il tempo la sua fisionomia sarebbe cambiata. Nessuno può saperlo. Eravamo in vacanza al mare e i miei genitori erano andati a prendere qualcosa da bere. Noi eravamo contenti perché di solito tornavano con un gelato ricoperto di caramello del quale andavamo pazzi. Io dovevo tenere d'occhio mia sorella che non voleva mai uscire dall'acqua. Le onde la esaltavano. Lei, che quando era a casa passava ore sdraiata sul divano a guardare la tv o a giocare con la Play, quando vedeva il mare non voleva fare altro che sguazzare sulla riva o fare la ruota dove l'acqua le arrivava alle ginocchia. Aveva una vitalità infinita e sorrideva sempre. La possibilità di esercitare il suo giovane corpo sulla sabbia bastava a renderla felice. Conosceva quasi tutti i bambini dello stabilimento balneare ma quel giorno eravamo soli. Dovevo impedirle di fare subito il bagno perché avevamo appena pranzato e l'ordine tassativo era di aspettare almeno due ore, pena la congestione. Ero assonnato, il caldo torrido e la digestione in corso mi rendevano le palpebre pesanti. Nina mi supplicava di lasciarla entrare in acqua, ma io ero irremovibile. Mi irritava perché era insistente e fastidiosa come possono esserlo solo i bambini di quell'età. L'avevo obbligata a sedersi di fianco a me sul telo mare con la bandiera inglese. Andavo fiero di quell'asciugamano. Mi avevano detto che veniva da Londra anche se probabilmente veniva dal supermercato sotto casa. Per qualche tempo l'avevo tenuta occupata fingendo di dirigere il corso delle nuvole con il dito. All'inizio non vedeva alcun movimento, ma io le ordinavo di concentrarsi e, dopo un po', si convinceva che effettivamente ero in grado di spostarle a mio piacimento.

Le avevo rivelato di essere l'imperatore delle nuvole.

Il suo interesse però era svanito presto. Sbuffava, si alzava in continuazione, mi spingeva e mi schizzava la sabbia addosso con i suoi movimenti da serpentello. Ero esasperato e alla fine, quando anche due sberle sulle gambe non l'avevano fatta desistere, le avevo permesso di andare a mettere i piedi in acqua a patto che mi lasciasse in pace. Ridendo, si era avviata verso il bagnasciuga minacciandomi di dire alla mamma che l'avevo picchiata. Ricordo i suoi lunghi capelli neri legati a coda da un sottile nastro rosa. La vedo di spalle mentre, pensierosa, scalcia l'acqua con la punta dei piedi. So che avrebbe voluto entrare ma non ne aveva il coraggio. Disobbedire significava perdere il gelato e forse anche la possibilità di altri bagni in quella giornata. Bisognava far passare ancora due ore, aspettare mamma e papà. Il tempo non passava mai. Io all'epoca ero grassottello e il caldo creava dei rivoli di sudore tra le pieghe della mia pancia. Mi sembrava di bollire. Ho chiuso gli occhi per qualche istante, pochi secondi. Lo sciabordio delle onde cullava i miei pensieri e mi illudeva che tutto il mondo fosse fermo come il mio corpo. Quando li ho riaperti, ho visto solo una luce dorata che oscurava gli oggetti attorno a me e ci è voluto qualche secondo prima di rimettere a fuoco la spiaggia. Tutto era normale, le onde, i rumori della gente che chiacchierava, anche i tentativi goffi di un gabbiano di vincere la forza contraria del vento. Eppure c'era una sensazione di gelo nella mia carne, la consapevolezza che in quei pochi attimi qualcosa di terribile era successo, qualcosa di irreparabile. Mi sono guardato attorno ma Nina non c'era. Sembra incredibile come l'assenza di un esserino cosí piccolo risuoni come un frastuono insopportabile nel vasto mondo. Ho corso verso la riva, adesso piú sveglio che mai, e ho cominciato a chiamarla sottovoce, come se sapessi già che nessuno avrebbe risposto al mio richiamo. Poi ho cominciato a urlare, spaventato, fino a sentire le corde vocali bruciare in gola. Alcune persone, adulti, mi si sono avvicinate e io non riuscivo a spiegare che cosa stesse succedendo, mi limitavo a piangere e a cercare di emettere dei suoni che si bloccavano nella mia pancia come pietre taglienti. Non ricordo di preciso cosa sia successo dopo. Ricordo alcuni frammenti, come una pellicola che prende fuoco nel proiettore: i miei genitori che urlano verso il mare, mio padre che si tuffa e mia madre che guarda verso il largo con un seno mezzo fuori dal costume arancione. Mi resta in mente quella pelle bianchissima che spunta, quasi flaccida, di fianco all'abbronzatura, come se il suo corpo si fosse arreso a un dolore infinito e non ci fosse piú bisogno di fingere decenza. Mi hanno chiesto cosa fosse successo ma nessuno mi ha rimproverato. Mai. Non ce n'era bisogno.

«Sono arrivati» dice la voce di Penelope ma io non la vedo piú. «Adesso ti portano all'ospedale».

«Io sono il Serpente» sussurro al vuoto.

«No, Zomer, non lo sei. Adesso riposa: è tutto a posto».

## 32.

Penelope è sparita e continuo a camminare senza cercare un senso ai miei pensieri. Di fronte a me, un'ombra gigantesca oscura il deserto. Dapprima fatico a metterla a fuoco; forse un pianeta è uscito dalla sua orbita e si sta schiantando sulla Terra o forse la multinazionale degli hamburger ha trovato il modo di piazzare uno spot direttamente sul sole.

E tra poco apparirà nel cielo la scritta Skip Ad ▶|.

Mi stropiccio gli occhi e cerco di vedere meglio. Il Muro è vicinissimo, ne scorgo con chiarezza le torrette dalla punta smussata e i bastioni dove adesso stanno di guardia i miei colleghi; ma tutto è immerso, mangiato da qualcosa di blu scuro con strisce argentee. Sono arrivato; non lo credevo possibile e invece eccomi a pochi passi dalla meta. Devo solo proseguire, resistere qualche minuto e poi, in un modo o nell'altro, sarà tutto finito. Mi chiedo cosa sia questa massa che oscura il Muro e che emette un sibilo, anzi, canta. Sí, sta cantando una melodia strana, che si avvita su sé stessa, come le preghiere che profumano l'aria del mattino. Adesso vedo, c'è qualcosa sui bastioni, qualcosa di enorme, un groppo vivo e mobile che sta spezzando il filo spinato e disgregando i cavi d'acciaio. È piú alto del Muro stesso e lo sta distruggendo.

È una balena enorme, alta oltre venti metri. È

la Balena della profezia, il mostro marino che vuole raggiungere il mare e non si cura delle barriere poste dall'uomo. Dunque esiste veramente: i sogni di Gaber e le allucinazioni delle Moby Dick erano presagi. Mi avvicino al Mostro, voglio vederlo e toccarlo, sincerarmi che sia reale. A ogni mio passo, il gigantesco cetaceo si scompone in migliaia di puntini che vibrano di vita. Non è un animale, è uno sciame, un insieme di creature piú piccole che insieme creano un organismo inarrestabile. Sento alcuni schiocchi metallici; dal Muro stanno sparando ma senza convinzione. Nessuno pensa di poter fermare il mostro abissale, ma hanno i fucili e devono usarli. Sono pagati per questo.

Immagino le televisioni collegate in diretta per trasmettere l'evento piú straordinario del secolo, la paura e la speranza della gente in Europa. Magari anche mia madre sta guardando lo spettacolo e si chiede dove sono, se ancora respiro o se sono fuggito di fronte alla belva. Ecco, arrivo in prossimità della coda che è larga centinaia di metri.

Finalmente capisco.

Non è una balena: sono migliaia di persone, di tutte le provenienze, che stanno scavalcando il Muro. Mi guardo indietro e vedo che ne stanno arrivando ancora tantissime, a piedi o con mezzi di fortuna. La fila si perde nel deserto e non riesco a vederne la fine. Sono il popolo blu che ho incontrato una notte di tanto tempo fa. O forse era ieri. Adesso mi vedono e mi sorridono; mi fanno cenno di unirmi a loro. Un canto si leva dalla testa della processione. Una voce femminile sta intonando quella nenia triste e allegra allo stesso tempo che sentivo al mattino quando ero alle gabbie di vetro e aspettavo i migranti. Il canto adesso viene raggiunto da altre voci, dapprima poche e stentate, poi sempre piú numerose ed entusiaste. È difficile capire cosa significhi, secondo me nessuno conosce esattamente le parole, ma la melodia è cosí semplice che riescono a seguirla anche i bambini. La posso cantare anch'io e cosí comincio a mormorarla a fior di labbra, poi la intono sempre piú forte e sento che mi fa bene: è l'ultima cosa che resta alla gente quando ha perso tutto. Potrei andare avanti all'infinito, tenendo gli occhi chiusi e cantando assieme ad altri esseri umani. Tre uomini si avvicinano e mi strattonano. Dicono qualcosa e hanno la faccia contratta. Frugo nelle tasche e tiro fuori il foglietto scritto a matita che avevo preso al cadavere. Lo liscio tra le mani e lo mostro a una donna che non ha tutti i denti. Lei ride e lo mostra alle altre persone. I loro lineamenti si sciolgono, mi danno grandi pacche sulla schiena e ripetono una parola che non ho mai sentito prima ma non mi è difficile comprenderne il significato.

Serpente.

Lascio cadere il foglio a terra che subito viene inghiottito dai piedi dei migranti che mi seguono. Il Muro adesso e a pochi metri, tra poco lo varcherò assieme a loro e vedrò Penelope. Mi mescolo alla gente e comincio a camminare. Appena le mie mani toccano le pareti calde dei bastioni, tutti spariscono. Un'illusione. Non c'è nessuno a parte me e il Muro.

## 33.

Sono arrivato: sporco, lacero, affamato e con la bocca riarsa dalla sete. Sento il sibilo di un paio di proiettili ma non me ne curo. Stanno sparando a me, una guardia della Migra. Mi scambiano per un disperato come tanti. Alzo il braccio per proteggermi dal sole e sul polso vedo la ferita dove avevo il chip di riconoscimento. Ho la barba lunga e la mia divisa ormai non è che uno straccio logoro; non mi lavo da giorni, sono uno spettro uscito dal deserto. Nemmeno i cani selvatici sopportano il mio odore. Potrei chiamare qualcuno, farmi riconoscere, ma mi fermo e guardo verso l'alto. Il cielo è sgombro come un foglio di lamiera bollente. Sento un altro sparo, un *crac* secco come un osso che si spezza. Mi guardo il petto: è tutto rosso. Tocco quel liquido denso, una marmellata scura che mi ricopre la camicia. Non sento dolore, solo una immensa stanchezza. Le gambe mi si piegano quasi fossero di liquirizia e mi inginocchio sulla sabbia mentre altri proiettili sibilano attorno a me, fastidiose zanzare metalliche. Dalla tasca mi cade il libro. Mi dispiacerebbe morire senza finirlo. Provo a voltare le ultime pagine ma sono bianche.

So cosa devo fare.

Alzo un dito e aspetto. Subito comincia a formarsi una nuvoletta bianca, quasi fuoriuscita da un buco nel blu. In pochi minuti altre nuvole, questa volta piú grandi, si uniscono alla prima. Non ricordo ci sia mai stato un temporale da queste parti ma ora c'è bisogno di acqua, tanta acqua per consentire alla Balena di raggiungere il mare. Dirigo le nuvole in un punto e le faccio diventare nere e cariche di pioggia. Adesso sono tutte sopra di me e il cielo è scuro come la pancia di una madre africana. Quando sento la prima goccia che mi bagna il viso, comincio a ridere. Immagino l'acqua che inizia a scorrere lungo i canali di pietra della città fantasma; non ci vorrà molto prima che l'anfiteatro si riempia. Dapprima sarà un umidore, una macchia scura che orla le pareti della conca, poi l'acqua comincerà davvero a scorrere in tondo diretta verso il basso, raccogliendo altri rivoli fino a diventare un piccolo torrente. Piove cosí forte che non riesco a vedere davanti a me eppure continuo alla cieca a richiamare nuvole nere e gravide. Immagino l'acqua che lambisce il fondo dello scafo e fa gemere il fasciame; ormai la gente non riesce piú a stare in piedi. Salgono a bordo in fretta, non riescono a caricare tutto, non si aspettavano la pioggia. Si spingono, urlano, ma sono felici. Vedo l'Arca che si muove, si schioda dalla polvere dove era rimasta per millenni e si mette in viaggio verso il Muro.

Alzo le mani al cielo, non potrebbe essere piú carico di nuvole. L'acqua mi arriva al petto lavando via il sangue e lasciando un forellino perfettamente tondo sul mio costato. Al Muro hanno smesso di sparare. Si chiederanno cosa sta succedendo. Un boato scuote il cielo ma non sono tuoni: un grumo di pietra si è frantumato da qualche parte a sud e la pioggia ha spazzato via la sabbia superficiale mettendo in rilievo le formazioni rocciose. Alle mie spalle si comincia a delineare un canyon irregolare, l'alveo di un fiume preistorico, prosciugato da millenni, che dalle colline arriva fino al mare, passando attraverso il Muro. Cominciano a cadere i calcinacci dalle torrette, i muraglioni si sgretolano sotto lo scroscio d'acqua. Non ci vorrà molto. Mi sembra quasi di vedere la Balena carica di persone che fila verso il mare. Il libro scivola via da me, sorretto dall'acqua che ne sfarina le pagine e scioglie la rilegatura. Mi sembra ci siano ancora parole, non me n'ero accorto. Vorrei sapere cosa dicono anche se le forze mi abbandonano.

Alla fine resta sempre qualcosa di scritto.

## La Fine

La porta del pick-up è aperta. Una farfalla, ubriacata dalla luce del quadro rimasto acceso, cerca di infilarsi nel vano del cruscotto. Sbatte le ali frenetica, impazzita, disorientata. La polvere e il caldo sembrano aver incollato i copertoni al suolo. Dall'abitacolo, frammista alle scariche elettrostatiche, una canzone cerca di farsi strada verso il deserto.

*Tonight by the factory river, my love,*
*The stars look so different, I feel unsure.*

La voce del muezzin che salmodia una preghiera si inserisce nella frequenza, poi la canzone riprende. La farfalla si posa sulla carta oleata che conteneva i kebab e ferma le ali.

*The great sky above is too much for me*
*Never more caged yet never more free*
*Sweet Magdalena, please hold me tight,*
*Factory river forgive me tonight.*

Penelope è inginocchiata a terra; regge il volto del compagno con entrambe le mani, passandogli le dita tra i riccioli scuri. Zomer tiene gli occhi fissi nei suoi mentre la macchia rossa sul petto si allarga rapida come vino su una tovaglia. Il pugno contratto è pieno di sabbia e pietrisco. In gola, sapore di rame. Prova a dirle qualcosa ma non ci riesce. Pensa che è bella. Crede che una faccia cosí perfetta non dovrebbe esistere; è quasi doloroso sentirla vicina alla sua.

La ferita al petto non è la cosa che fa piú male.

*The cool wind is spreading*
*The smell of your breast*
*Sweet Magdalena*
*I can't have no rest.*

Le parole della canzone si fondono con i suoi pensieri. La farfalla si alza in volo e sparisce dietro al pick-up. Si dice che viva solo un giorno.

*Gather around*
*My dear friends*
*Tell me that I'm not alone.*

Durerà piú di lui, pensa Zomer che la osserva. Tra poco chiuderà gli occhi e non sentirà piú nulla. Sta accadendo quella cosa enorme ed è tutto cosí banale; non è preparato. Credeva di essere pronto eppure, in quel preciso istante, mentre lei lo tiene tra le braccia lui non ci capisce niente.

Penelope lo rassicura muovendo le labbra. Dice qualcosa che lui non riesce a sentire. Tutto è ovattato e confuso; gli sembra di galleggiare assieme alle note della canzone. Forse, questa cosa che sente, è la felicità.

Infine, lei si china e gli dà un leggero bacio sulla fronte.

*Tonight by the factory river*
*I feel like a stranger, I want to go home.*

Quando la chitarra comincia a disegnare uno strano arabesco di note, lascia andare la testa di Franco con dolcezza, come un albero farebbe con una foglia ingiallita. Lui chiude gli occhi.

Penelope spera che non stia provando dolore. Quell'uomo grande e grosso, cosí goffo e timido nei sentimenti, forse non merita una fine del genere. Sotto la scorza del suo viso piatto e largo, ha intuito qualcosa di sincero, una pagliuzza dorata in fondo alla sozzura.

*I was young and innocent*
*That was long ago*
*My shoulders now carry the weight of the world.*

In lontananza, sgommano le ruote di un pick-up e un odore dolciastro di plastica bruciata le pizzica le narici: gli uomini di Momo Madjer si stanno allontanando indisturbati.

Silvan aveva esagerato. Ne avevano fatto le spese gli ingranaggi piú fragili e inutili dell'organizzazione, quelli nuovi. Pesci piccoli in un mare scuro.

Il Chimico adesso è avvertito.

Avevano trovato Gaber con la testa spaccata. Quel cretino sembrava che ridesse anche mentre le mosche gli ronzavano attorno al cranio. Avrebbero dato la colpa ai migranti, come sempre. Due agenti uccisi mentre erano in turno. Ci sarebbe stata violenza nei giorni a venire.

Penelope accarezza la guancia di Franco.

«Non doveva finire cosí, Zomer. Ho provato ad avvertirti. Ma tu sei un testone».

Un piccolo fremito increspa le labbra di Franco. È ancora vivo, qualcosa in lui vuole assaporare la vicinanza di Penelope il piú a lungo possibile.

*You're such a quiet beauty*
*The music is sweet*
*Dear Magdalena*
*I'm here at your feet.*

Stupida canzone country, pensa Penelope.

Sente che Zomer si aggrappa agli arpeggi delle chitarre e alla voce che esce dalla radio come se fossero ossigeno.

«Lo so, Zomer» dice sottovoce. «Lo so».

Gli accarezza il petto inondato di sangue e sente un rigonfiamento all'altezza della tasca. Infila le dita e ne estrae due Moby Dick sporche di rosso. Sorride. Ricorda la riunione del Controllo un mese prima.

Si era tenuta nella zona degli uffici importanti, dove non si andava mai se non per qualcosa di veramente grave o urgente. Le pareti erano ricoperte di marmo verde e la luce aveva riflessi che facevano girare la testa.

«Potremmo farti un lungo discorso, Penelope» aveva detto il capitano Bortz, «ma niente vale piú di un esempio».

Lo aveva osservato mentre prendeva un sacchetto di plastica e lo rovesciava sul tavolo di legno. Una ventina di Moby Dick erano rotolate sul ripiano come grossi denti bianchissimi.

«Sai cosa sono, vero?» aveva chiesto Bortz.

Penelope aveva annuito.

Il capitano ne aveva prese cinque o sei e se le era messe in bocca. Le aveva masticate sorridendo, aspettandosi il moto di sorpresa sul volto della ragazza. Poi si era riempito un bicchiere d'acqua utilizzando una brocca che fino a quel momento teneva nascosta con il corpo. Dopo aver bevuto, si era pulito le labbra con la manica della divisa e aveva aspettato. Penelope non sapeva che dire.

«Zucchero. Farina. Borotalco» aveva detto Bortz. «Non c'è assolutamente niente di speciale. Queste sono false: le fabbrichiamo a Gadja, nei capannoni dove inscatolano i datteri.

«Ci servono quando diamo l'esempio. Dobbiamo far capire che le usiamo anche noi e che non c'è pericolo. Quelle vere hanno una sottile linea blu che le attraversa. Ne avrete in dotazione una scorta di entrambi i tipi. Ecco il motivo di questa riunione».

Il capitano aveva fatto un lungo discorso tirando in ballo a piú riprese la sicurezza nazionale, la difesa della democrazia e l'intera manfrina istituzionale.

«Crediamo sia la soluzione definitiva al problema dell'immigrazione clandestina» aveva concluso. «Da quando le abbiamo messe in circolazione è tutto piú semplice: nel giro di due anni contiamo di ridurre i passaggi dell'ottanta per cento, se non di piú. In questa zona, Momo Madjer se ne occupa per conto nostro. I soldi li forniamo noi. Momo è un criminale ma sa stare ai patti. Questa sostanza ti fa vivere nel passato: tutti abbiamo vissuto qualcosa che è andato storto e che vorremmo modificare. Pensiamo sempre al futuro ma lo facciamo solo nella speranza di correggere quello che è già successo: vogliamo una vita migliore di prima, un compagno migliore, vogliamo rivedere chi non c'è piú. Queste pastiglie te lo consentono fino a un certo punto».

«E poi?» aveva chiesto Penelope.

«Poi devi prenderne un'altra. E un'altra. All'infinito. E il Muro te lo scordi» aveva detto Bortz.

Lei ne aveva presa una e se l'era rigirata tra le dita.

«La droga del Serpente».

Il capitano le aveva messo una mano sulla spalla e aveva cominciato a istruirla su cosa doveva fare. Anche lei era un pesce piccolo in un oceano di petrolio.

*Tonight by the factory river*
*I feel like a stranger*
*I want to go home.*

Franco non si muove piú. Penelope rialza il busto e si siede sui talloni. Guarda verso il deserto. Piccole luci in lontananza, forse le ambulanze. Ancora non si sente la sirena.

«A quante cose credevi, Zomer» dice rivolta al vuoto. «Quante bugie. Credevi che la poesia fosse piú forte della realtà».

La sua mano si apre facendo cadere al suolo le Moby Dick.

«Non sai quanta voglia ho di lasciarmi andare» dice Penelope. «Di mollare tutto».

Adesso sente le sirene ma presto vengono coperte da un altro suono, un rumore profondo e scuro. Penelope estrae la pistola e le mani magre si stringono al calcio dell'arma fino a farle male. Si alza una folata di vento fresco e lei si ravvia una ciocca di capelli che le era caduta sugli occhi. Attorno non c'è nessuno: il rumore viene dal cielo. Si tocca la guancia e la sente bagnata. Ci vuole un attimo a capirne la causa: sta piovendo. In pochi istanti l'acqua comincia a cadere con forza e i tuoni si mescolano alle sirene in arrivo. Poi i lampeggianti si spengono; le automobili arrestano i motori. Penelope tende l'orecchio ma non sente altro che lo scroscio della pioggia. Da lontano, quasi all'orizzonte, si delinea una striscia nera. Qualcosa di enorme sta scivolando, nuotando verso il Muro. Penelope la osserva, lascia cadere l'arma a terra e si siede. Sembra davvero una Balena.

E dopo tantissimo tempo la sua bocca sorride.

*Da secoli la Balena giace addormentata nel deserto. Le sue ossa biancheggiano al sole e gli avvoltoi trovano riparo all'ombra della sua spina dorsale. Attende il tempo in cui tornerà al mare. A costo di spremere l'acqua dalle rocce bollenti. A costo di inghiottire le stelle e indurle a spargere pioggia fresca. A costo di succhiare le mammelle delle bestie che pascolano nei prati e trasformare il latte in ruscelli d'argento. A costo di scavare pozzi profondissimi e trovare polle di liquido trasparente in cui nuotare. A costo di lanciare fino al cielo il suo fischio carico di spuma e vapore. A costo di colmare gli abissi con il suo stesso sangue. A costo di obbligare l'uomo a riempire il mare con le sue lacrime. A costo di chiedere l'aiuto dell'imperatore delle nuvole.*

Questo libro è stampato col sole

Fabbricato da Grafica Veneta S.p.A. con un processo di stampa e rilegatura
certificato 100% carbon neutral in accordo con PAS 2060 BSI

Stampato per conto di
Neri Pozza Editore, Vicenza
da Grafica Veneta S.p.A., Trebaseleghe (PD)
nel mese di settembre 2023
Printed in Italy